幸福，只剩下一个街口

吴常春

　　二十世纪八十年代，我和李立屏同学不期而遇在美丽的武大校园。那个激情燃烧的年代，人们说是共和国的春天，在我看来那更是中国文学的春天。在校园里，你只要振臂一呼，喊出一个文学的话题，身边就会聚集起大批同好，因此各种大大小小的文学社团如雨后春笋般冒出来。在这些社团里，大家除了热烈谈论中外文学作品，并借此臧否时政、探讨人生之外，创办一份代言自己的心声、分享自己的创作成果的杂志，则几乎是每个文学社团的应尽之义。

　　我们也自然不能免俗。刚入大学不久，我们年级即创办了一份杂志，开始向同学们约稿。当时征集到的就有李立屏同学的诗稿。记得是两三首短诗，至今我还记得其中的一首《月亮》：

　　　　谁这么粗心
　　　　把天上的草割光了
　　　　镰刀却忘了带回

　　诗稿清新出奇，洋溢着孩子般的纯真与童趣，这与八十年代诗歌中激昂的战斗宣示或冷彻的哲理思辨大异其趣。

　　我不禁好奇，能写出这样的诗稿的人究竟何许人也。这便是我和李立屏同学的初次相识。其时的李立屏，身材瘦削，寡言少语，架在鼻梁上的黑边眼镜更增加一分文静与秀气。在今天看来，除了那时的衣裳略显寒酸之外，可以说是一副典型的文艺青年形象。我们虽然同是来自湖南的老乡，却是以文相识，以诗成友，从此在同学的情谊之上，我们更是一对交心知底的朋友。

后来，我们一同分配到北京，光阴荏苒，倏忽三十年过去。期间，李立屏同学先是在央企以外交官身份派驻中国驻日大使馆，后又被公司委派担任日本分公司总经理，事业可谓一帆风顺。正当我们期望他在事业与仕途上更上一层楼时，他却对央企"挥一挥衣袖，不带走一片云彩"，挂冠而去，转身做起自己的事业来。国际贸易，兴办工厂，投资工艺品收藏，投资有机农业……每件事都做得得心应手，风生水起。当年那个腼腆的"文艺青年"已经完全转型为经营者和企业家了。

人们常说，岁月是位伟大的雕刻家。但是岁月能雕刻出一个人的外表，却改变不了人的内心。当李立屏同学开始在朋友圈分享他积年的诗篇时，当他把装帧精美的诗集呈现在我们这些老同学面前时，我们知道，虽然历经岁月的雕刻凿饰，尽管在社会这个大染缸中浸泡三十余年，但燃烧在李立屏同学心中的诗歌激情从未褪去，那一颗童贞般的纯真与美好的心灵也从未消失。这堪称奇迹。这些年来，无论是外派日本，徜徉在樱花树下，还是周游列国，漫步于名山大川；无论是在国内偏僻一隅，还是在北京上海的繁华闹市；也无论是事业兴顺、春风得意之际，还是仕途受挫、深处逆境之时，李立屏的诗歌都是随心而来，一山一水、一草一叶、一个回眸、一场邂逅、一次流连、一句乡音……这些都能触发诗人的灵感，一挥而就，丝毫也看不出春风得意时的矫作，读不到遭遇挫折时的颓丧，所歌咏的都是人世间的至真、至善、至美。

这本诗集，收录了作者2016年至2018年的诗作，凡370余首。你仍然可以读到稚气般的纯真，比如"白天听不见蛙鸣/都是奶奶说的，麻雀嫁女，太吵/等夜晚太阳睡了/蝈蝈才敢放声歌唱"（《往往是爱和思念，更锋利》）。但是，更多的是作者在一首首清丽、灵秀的诗篇中，注入了自己人生的感悟和睿智，令人回味无穷。比如，歌咏爱情。同样是《往往是爱和思念，更锋利》这首诗，在诗尾作者写道："……我们一路跋涉，难免受伤/但往往是爱，和思念/比荆棘和刀刃/更锋利。"在另一首诗《欲盖弥彰》中，作者咏叹："花开迎春/清凉风，送走温暖夏/红叶留不住秋天/雪花想雪藏冬天的脚印/用痛和恨，去消除爱/都是/欲盖弥彰。"我想，凡是经历过一段刻骨铭心的爱情的人，都会对这几行诗深有体悟吧。

本诗集中珠玉之作比比皆是，读者可以细细品味。不过，有两首诗我想特别推荐给你。其一，《告诉你》：

要经历很多
到秋这样的季节
我才能告诉你
果实累累
不仅仅是春天的花朵，蜂蝶飞舞
除了汗水
更需要经得起夏天的酷暑、雷电
风吹雨打

最重要的，是种子
它得学会
如何接受空降的飞鸟和躲避暗地的老鼠
如何在冬天里更加坚强
平心静气地
存活

这首诗可视作作者对自我心路历程的总结。平心静气地活着，这是经历半生之后人生给予的感悟与馈赠，也是阅尽初花秋月之后返璞归真的人生境界。

另一首则是《幸福，只剩下一个街口》。作者在为人生打气鼓劲之后，也谈到自己的幸福观。所谓幸福，不是你得偿宏愿，也不是你终成伟业，那些都与我等凡人太远，其实幸福就是你走到街口的绿灯，就是快递小哥不速而至的敲门……这一个个小小的幸福才是你抓得住的、最真实的幸福。全诗兹录于下：

再多的失败
再大的打击
都不要灰心
不要沉沦
要坚定你的脚步
风雨兼程

幸福离你
也许只剩下一个街口
一个红绿灯
一个快递小哥的
敲门

2019 年 5 月初夏

目 录

2016 年度

2017 年度

2018 年度

2016 年度

车前草长在江南
这么多年，它一点也没学会芙蓉
一直都是默默开花，无人知晓
最美的花朵是太阳每天开出的金色玫瑰
我对淡如清茶，情有独钟

后羿射不落我
我会一直在你心里

2016. 12. 14《我会一直在你心里》

往往是爱和思念，更锋利

雨声滴答
它是春天的脚步，轻盈到来
每一寸土地，都因此热闹起来
新芽，新绿，新色彩

门前半塘池水，重回盈盈
枯叶之下，再露荷尖
每一滴露珠，都不堪重负
阳光滑落水面
云彩碎去，温暖还在

白天听不见蛙鸣
都是奶奶说的，麻雀嫁女，太吵
等夜晚太阳睡了
蝈蝈才敢放声歌唱

我们不会再追逐萤火
更不会把它们捉在瓶里
星星月亮看似邻居
其实是要多远，就隔了多远

我们一路跋涉，难免受伤
但往往是爱，和思念
比荆棘和刀刃

更锋利

2016 年 5 月 6 日星期五，上海

眼睛闭上，心才会打开

如果迎面走来一位女孩
不妨退守一旁
闭上眼睛

悄无声息
也许就是一个弱弱的女子
结着丁香一样的哀怨

脚步轻轻
或许她温文尔雅
含着茉莉一样的微笑

高跟鞋撞击地面
她应该就是一株神采飞扬
亭亭玉立的美人蕉

就像我们低头去闻一朵花
眼睛都会不由自主地闭上
因为眼睛闭上了
心才会打开

2016 年 4 月 28 日星期四，上海

欲盖弥彰

花开迎春
清凉风，送走温暖夏
红叶留不住秋天
雪花想雪藏冬天的脚印
用痛和恨，去消除爱

都是
欲盖弥彰

2016 年 5 月 16 日星期一，北京

乘着窗边的闪电，去想你

我今儿，哪也不去
任阳光从窗户
从左到右，从下到上
又从上到下
细细地打量我
或者，那雨滴再怎么敲打玻璃
我也不搭理
就躺在沙发上
看书，写字

风吹的槐花
点点落满台阶，鲜花铺道
我的身上
分别带着晚春和初夏的体香
可以发呆

北京，今晚我想乘窗边的闪电
离开你
然后，再乘窗边的闪电
去想你

2016 年 5 月 16 日星期一，北京

暴风雨如约而至

暴风雨如约而至
今夜，激情就是天际的闪电
风情万种的芍药
再也装不出柔情似水
天都疯了
美人蕉也保持不了优雅

所有的草都点头哈腰
只有我，还挺着胸
挂满帆
向前冲

2016 年 6 月 1 日星期三，北京

总有爱

暖风里，总能看见蒲公英在飞
合欢花骄傲地盛开
野樱桃一点也不逊色
夏天要的性感
都在它的红唇

无需伤春
等到花儿都谢了
果儿就结了
无花果，却总是例外

蝉，蚕，和蛇
它们每一次蜕变
都是自我升华
墙角的凌霄，节节攀高
努力把花
开到阳光下
那是它能够到的
最温暖、最招摇的地方

江河翻山越岭，不舍昼夜
其实就是后面的水，不停地给前面的浪
以力量
我们都不会因为失去，和受伤

而抛锚
因为，总有爱，源源不断
是续航的
核动力

2016 年 6 月 1 日星期三，北京

夏天，我也是一只羊

趁大好春光
我要把那些大大小小的事，恩恩怨怨
都种下
长成密密麻麻的草
隶属于
呼伦贝尔，内蒙古自治区，中国

到秋天，我都会一丝不苟地收割
打包，收藏
等大雪封门
我再用它充饥
取暖

夏天，我也是青青草原上
一只洁白的羊

2016 年 6 月 4 日星期六，北京

其实就是花心

总是说爱你
其实也爱菜薹，红菜薹，白菜薹，青菜薹
爱笋，爱芨芨草，爱柳芽
爱花，尤其是春风第一蕾
它就是满心的喜悦
迫不及待要绽放

总是说爱你
其实也爱绿荫，爱浓浓蜜意
爱风，爱雷，爱闪电，爱瓢泼大雨
爱太阳，爱正午头顶上的那轮烈日
幸福来得就是这么招摇
真痛快

总是说爱你
其实也爱果实累累，压满枝头
爱叶红，爱草黄，爱五颜六色、七彩斑斓
爱湖水，爱天高云淡下的蓝
灵魂一样纯粹、深邃
洗尽铅华

总是说爱你
其实也爱雪纷飞
爱树，叶落尽，爱坚强的躯干无惧严寒

爱原野，爱草原莽莽，爱山峦起伏，爱荒无人烟的模样
牛羊不再远行
都在身边

一年就四季
季季都是爱
其实就是花心

2016 年 6 月 12 日星期日，北京

一想到春天，就是你的模样

风，喜欢巷子
那是这个城市，这季节
最凉爽的地方
青石铺地，巷道幽长

我喜欢和你，在这里偶遇
即使相约陌生
我也会用满院的鲜花、一湖莲叶
向你微笑

以后
一想到春天
就是你的模样

2016 年 6 月 27 日星期一，北京

塔　菜

如今，我是一棵塔菜
菊花一样盛开
片片叶子都舒展
从心底，都不设防
霜雪和阳光雨露
都欣然接受
当作根底的养分

即使长得再白嫩
我也不想做回卷心菜

2016 年 6 月 28 日星期二，北京

请

请排队
请勿吸烟
请远离毒品
请勿喧哗
请保持安静

请饭前洗手
请节约用水
请珍惜资源
请爱惜花草
请保护动物

请勿乱扔垃圾
请勿随地吐痰
请勿随地大小便
请来也匆匆去也冲冲

请靠右站立
请先下后上
请走人行横道
请遵守交通规则
请给老弱病残孕让座
请保管好你的财物

请尊敬师长
请孝敬父母
请爱护小孩
请回家看看

请说您好
请说欢迎
请说谢谢
请说对不起
请说请
请说……再见

2016 年 4 月 26 日星期二，湖南娄底高铁站

立　秋

你要，或者不要的热情
就要过了
枝头沉重的果实，和
轻盈的叶
越红
越会落下

一朵花开
就有一朵花谢
你见过的浩荡江河
或者，涓涓细流
走了
都不会回头

身边的风
还是风
但都是新来的
她没爱过你
也未曾伤你

2016 年 8 月 1 日星期一，上海

青青的叶子

我想和你
做树上
两片青青的叶子
耳鬓厮磨
还不引人注目
可以无所顾忌
窃窃私语

累了
就相约一起落下
手拉手
再高
也不害怕

在地面
我们也不会相隔很远
即使有
风来了
还会把你带到我身边

如果你执意要远行
我会想你
缝隙里

继续长满青苔

2016 年 8 月 3 日星期三，上海

红　豆

相思其实就那么一点点
它一直就住在红豆的顶端
那一只只黑色明亮的眼睛
你不出现
它就不会睁开

2016 年 8 月 14 日星期日，哈尔滨

越 冬

明知道结果
却还是要心存侥幸
曾以为乘坐的是一辆来自春天
又开往春天的火车
无论哪站下
都是百花盛开，诗意盎然

最不忍心在这个季节看天边的晚霞，和
山上的红叶
人们眼中的美好
其实都是在暗暗流血

虽然春天最终还会到来
还会枝繁叶茂，风景如画
但是现在，那棵树
它需要卸却盛装
赤身裸体
才能
越冬

2016 年 8 月 21 日星期日，北京

中秋临近

这日子，越来越凉爽
舒坦
真不忍心再过下去
想鹰归巢
做个休整

再往前走，月就圆了
就是中秋
那可是个漩涡
是龙卷风
是风暴中心
是海啸
是百慕大

人能进去
相思受不了

2016 年 9 月 1 日星期四，北京

风景更近

我喜欢小路
因为它比康庄大道要暧昧
有情调得多
曲径通幽
可以肆意幻想
风景更近
肌肤可以相亲

蓝天很美
其实很远，没用
身边的花朵可能无名，不为你开
但它就在眼前
也可以带走

叶落地面
可以不加理会
但请你迈过去
别踩上它
它虽然已经离开
应该还有痛感

2016 年 9 月 10 日星期六，北京

迎来，送往

窗外那些流浪猫
可能都找到了爱人
有了归宿
我得以安享秋夜
长空如水

八月十五的月亮
堵在相思路上
它来不来，我都要睡了
星星早就闭上了眼睛

一年里所有的花
到今天为止
基本都开了一遍
梅花不到季
无花果一生都很保守
少女羞涩
不会向任何人敞开胸怀

风一天天清凉，但还有些温度
那些温暖
应该源自春天的怀抱
不知什么时候它们也会随燕子离去
谁会在乎

只有我，依然像界碑一样固执
坚守路边，欢欢喜喜
你来，我迎
你往，我送

2016 年 9 月 15 日星期四，中秋节，北京

旧时光

落叶是秋天的脚步
路走完了
冬天就来了

冬天一来
时光就旧了
时光旧了和我有什么关系

只可怜
我比那旧时光
又旧了一截

2016 年 9 月 23 日星期五，北京

如果无眠，夜就长了

真巧，闪电在零点的时候扑来
一道一道
好像就是为了专程撕开
这新一天

旧的不甘离去
雷鸣滚滚
风，挟持着雨点
蜂拥而来

我只能紧闭门窗
既不敢做主
把昨天留下
也无法
迎进黎明

离天亮，其实只差一梦
如果无眠
夜，就长了

2016 年 9 月 23 日星期五，零点，北京

美好的一天

今天的北京
和天空，相处甚安
晨露同往常一样
早早走过每一个街道、胡同
草尖和花瓣
都有梦想，都有吻痕
每一辆车，无论睡着，醒着
都很清新
充满活力

白云和秋意
挂在窗沿
你送的蓝天
树和我，都会珍惜
每一片叶子
都是红颜
无论坚守，或是落下
都不悲伤

2016 年 9 月 25 日星期日，北京

秋日归隐

就算是人生
到这个季节
也开始丰富多彩了
秋用一生的果实，五彩斑斓
哺育我
我反哺她诗，和眷恋
行走远方

离再远
我也喜欢有影壁的房子
里面可以藏些秘密
就像深宅大院的海棠
开得漫天飞舞
也无人知晓

我开始有些理解
雪莲为什么要舍弃红尘
开在冰山上
人啊，总是要先闯荡江湖
才会甘心
归隐山林

2016 年 9 月 27 日星期二，北京

这一片竹海，可能都来自一根竹鞭

日落荷塘
小河流入夕阳
一棵树孤独
一片森林
也会孤独

那些比翼双飞的鸟
肯定不是雄鹰
繁花似锦，未必都开得幸福
年年不绽放的青草
看起来，比灿烂的樱花
还知足

这一片竹海，可能都来自一根竹鞭
它们彼此相连
又各自独立

青苔漫漫
爬满台阶

2016 年 10 月 14 日星期五，北京

幸福，只剩下一个街口

再多的失败
再大的打击
都不要灰心
不要沉沦
要坚定你的脚步
风雨兼程

幸福离你
也许只剩下一个街口
一个红绿灯
一个快递小哥的
敲门

2016 年 10 月 17 日星期一，北京

总是蓝天

无法完美
就算是做万物之主
太阳也很不容易
夏天有人嫌热
冬日有人怨冷
乌云会来泼污
夜晚会来抹黑

所以，管他春夏秋冬，酷暑严寒
我们都得不停努力
跳出世俗的圈子
站到别人达不到的高度

总是蓝天

2016 年 10 月 17 日星期一，北京

十月秋风似剪刀

我不由自主
要为那些叶
双手合十
天虽然是有些冷了
但能留下的，还是都留下吧

就算是落下
也希望它们有个好归宿
尘归尘
土归土

可是，这十月秋风似剪刀
一刀又一刀

2016 年 10 月 17 日星期一，北京

剧　情

打开电视机的时候
爱情已经开始
她长得惊为天人
轮廓分明

直到所有人从荧屏上消失
剩下字母
我也无法确定
纹在她肩胛的性感玫瑰
有着怎样的阴谋

洗洗睡吧
世间所有的惊心动魄
都是剧情
平凡不是惊
是真

2016 年 10 月 24 日星期一，北京

温暖的茶叶

看起来很揪心
这些美丽的叶子
一片，一片
怎么努力，都留不住
都要离我而去

好在还有你
天边再冷
你依然是我手杯里
温暖的茶叶

2016 年 10 月 24 日星期一，北京

告诉你

要经历很多
到秋这样的季节
我才能告诉你
果实累累
不仅仅是春天的花朵，蜂蝶飞舞
除了汗水
更需要经得起夏天的酷暑、雷电
风吹雨打

最重要的，是种子
它得学会
如何接受空降的飞鸟和躲避暗地的老鼠
如何在冬天里更加坚强
平心静气地
存活

2016 年 10 月 31 日星期一，北京

你喜欢的荷塘，睡莲睡了

秋，其实是一个很好的季节
太阳开始放下高大上
温顺如水
山林披上彩妆
稻穗羞涩
收割机开始一年最忙碌的时光
玉米入库
仓廪充实

你喜欢的荷塘还在
水面的野鸭搅不醒水底的藕
睡莲睡了
鱼在水心里

所有的动物，能南迁的都会南迁
不能的，就努力积蓄能量
体态圆满，毛发光鲜
劈柴堆满院落
壁炉的一生，非常简单
只在最寒冷的时候送人温暖
不煮饭菜

2016 年 10 月 31 日星期一，北京

爬山虎

爬山虎从不张扬
也不喧闹
但每天都有细微的生长
不在意攀附的闲言

它不同于小草
不同于花
冬天不死
春天不妖娆

等你惊觉
它早已挂满光秃的墙壁
到了相当的高度
兀自青绿

它没有朋友
只有壁虎是远亲
偶尔来走动

2016 年 11 月 2 日星期三，上海

梦　境

我还没醒
天就拉开了夜幕
晨曦再柔软，此时也刺眼
有时候习惯了黑暗
光明也变得陌生

要是那阵风不来
我真想再合上眼
任室外的花和叶纷纷落下
草地增彩
看看我俩的故事
会进展到哪个季节

叶，错过今生
来世重上枝头，也未必相遇
人，常常是在一起不珍惜
失去才怀念

2016 年 11 月 3 日星期四，上海

吊　坠

遇见你
我就可以笑
和花一样开心
可以跳跃
和风一样轻快

阳光照耀原野
牛羊和牧草，都健康生长
谁也不会像蜘蛛
在阴暗的角落里结网
只要辛勤耕耘
农夫所有的收获
都光明正大

如果冬天不可避免要来
请允许我做你胸口那颗吊坠
幸福而温暖
不廉价
也不奢侈

2016 年 11 月 4 日星期五，上海

初　心

比如秋日
比如昨日
都在秋水里

岸上的繁华
留不住河流的奔跑
高山融冰为水
荷塘绝非梦想
湖泊也不是

因为初心
雄鹰展翅高飞
无惧风暴
江河不舍昼夜
滔滔不息

2016 年 11 月 7 日星期一，上海

逃不出孤独

夏天到处跑
冬日还装酷
风，这一生注定要流浪
居无定所

落叶追过它
雪也陪过它
它无视草点头
也不怜惜花叹息

它抚过池塘
也撩过海洋
风筝扶摇而上
没有谁
能让它停留

风，这一生注定要流浪
逃不出孤独

2016 年 11 月 7 日星期一，上海

远远等我

在这个冰冷的时节
春天，是一个敏感的词汇
需要肃静
需要回避
可，每躲一次
就多一次怀念
多一丝念想

我想念杨柳的长发
想念丁香的笑靥
更想念芙蓉出水的清影
紫薇的肌肤

和风雪比起来
我喜欢绿风天天拂面
喜欢与百花相亲
不喜欢孤独的蜡梅
远远等我

2016 年 11 月 10 日星期四，北京

买不到

小草，花，嫩柳芽
乳燕，新荷，瓜秧
春天画这样一幅水彩
不需要很多时间

池塘皱了
不是风的缘故
是归雁从天上飞过
水心里的不平静

母亲从江南来
包里带来的水灵灵的菩荠
北京也能买到
爱，买不到

2016 年 11 月 15 日星期二，北京

反 季

凭目前这点毅力
不知道那点念想
能不能坚持到小雪
不行就找个地方冬眠
好好歇歇

东风唤不醒它
北风就越来越疯狂
其实也不只是它失常
我要是在冬天里
画一幅春天的画
写一首春天的诗
在北京的大棚里
种一垄荠菜
一垄豆荚
算不算
反季节

2016 年 11 月 16 日星期三，北京

风信子的消息

和风比起来
白云走得有点慢
时间更慢

虽然有点冷
我还是愿意站在高处
期待有阵风
带来风信子的消息

如果久候不至
我也不失望
我已经把那盆花
从露台，搬到了阳台
从室外，到室内
从冷，到暖
从远处，到身边

我要好好呵护它
等它开了
她就会来了

2016 年 11 月 16 日星期三，北京

过期的太阳

面对落日
我总很好奇
山梁那边
到底堆积了多少过期的太阳
那又是一个多大的工厂
一夜之间
就修复一个

不过质量好像都不怎么的
十二个小时就要返厂
好在大家都习惯了
它一下山
就准备睡觉

月亮是个替补
照亮那些还在赶路的人们

2016 年 11 月 17 日星期四，北京

多么美好

我喜欢阳光
特别是那些阳光灿烂的脸庞
也喜欢花
素雅的，艳丽的，有名无名的
都可爱
不过那些妩媚动人一点的
看起来更能让人满心欢喜
充满激情

至于风雨
大风大雨，和风细雨
要看当时的心情
苍松翠柏，浩瀚江河
也很美好
还好
你不是

我更喜欢
玉米饱满的身体，杨柳的腰肢
和开在森林
无人知晓的雏菊

2016 年 11 月 21 日星期一，北京

做一顿温暖的午餐

昨晚下了
北京的第一场雪
天气很冷
早早起来
我要踏雪去市场
买一些浑身上下散发春天气息的蔬菜
给爸妈
做一顿温暖的午餐

2016 年 11 月 21 日星期一，北京

喜欢玉米

阳光照进厅里
沙发就有了感觉

我喜欢简单
喜欢葡萄，喜欢樱桃
喜欢草莓
喜欢奶油味道
喜欢一粒，两粒
一颗，两颗
掰开冰糖柑
也是水灵灵的瓣儿
喜欢一瓣，两瓣

我也喜欢玉米
和玉米一样的牙齿

2016 年 11 月 24 日星期四，北京

桃　花

我想从冬天
中途下车
冒着雨雪
无声地拐弯
进入一条春天泥泞小径

于是春，就有了声
黄莺啼啭
泛出桃花色彩

2016 年 11 月 27 日星期日，北京

只放过我

大雪掩盖不了大地的真实模样
春天一来
漫天樱花也保证不了树下那么多山盟海誓
别让莲子难过
苦丁茶如果流泪
那它心里一定是真苦
大海波涛汹涌
其实都是为了沙滩
争先恐后

蜜蜂终其一生
只是为了进入花的心里
我也什么都可以不要
只请你守好你的门
只放过我

2016 年 11 月 27 日星期日，北京

非常温暖

今天一开始
新年钟声的假期
就所剩无多
大街小巷
开始传来雪橇的声音

越是到了岁暮
越是依依不舍
雪花早就表明了冷漠的态度
大河也想冻结时光
风，一刀一刀刻在身上
心疼不留痕迹
时间却有印记

这个季节，如果任阳光在外
天空也不会温暖
不如干脆擦亮玻璃
干干净净，迎她进来
让垛垛追她的秸秆，站在原野

手里有书
桌上有水果
身边有你

非常温暖

2016 年 12 月 1 日星期四，北京

一定还有些美好的情感没有名字

阳光大约会在第八到第九节脊椎之间的位置停下
屋外的银杏，影子修长
风数着那些金色的叶子
每一种色彩
都泛出舒适的光芒

花香应该还挤在那些崎岖的山路上
到达这里还需要些时间
我们要做的只是幸福地等待
不过，这段空隙里
一定还有些美好的情感没有名字
我们还可以细细体会
在每一次潮起潮落间
给她命名

2016 年 12 月 4 日星期日，北京

爱情电影

如果没有你
就一个人去看场爱情电影
让外面的风
轰轰烈烈去追
我独占影厅的一个角落
替别人欢喜
为自己伤悲

2016 年 12 月 10 日星期六，娄底

夏有乔木，雅望天堂

夏天乔木
注定枝繁叶茂不到冬天
你走后的日子
野菊朵朵
是那么想你
墓碑爬满青苔

天堂雅望，长空如水
不知漫漫繁星
哪颗是你
你留下的温暖
是我存活的勇气

太阳一轮一轮，很快就是一年
你要在那边好好等我
我还会貌美如花去找你
让你的爱，再一次
一点，一点，腐蚀我的墙
侵入我身体

2016 年 12 月 11 日星期日，北京，为电影《夏有乔木，雅望天
　堂》而作

从未断流

自从喜欢你
爱就从未断流
阳光每天给我的全世界镀金
黑夜却一丝不剩收回
就算是一无所有
我也从不放弃

我还是像长江一样欢喜
对远方充满信心

2016 年 12 月 14 日星期三，北京

我会一直在你心里

我和你，不远
就生活在这里，亲密无间
有时也隔山，隔水
梅花几度，点点落在雪里
其实要身处冬天，还有些距离
爱才会清晰
才会刻骨铭心

车前草长在江南
这么多年，它一点也没学芙蓉
一直都是默默开花，无人知晓
最美的花朵是太阳每天开出的金色玫瑰
我对淡如清茶，情有独钟

后羿射不落我
我会一直在你心里

2016 年 12 月 14 日星期三，北京

岁末寄语

今年这本书，已看到结尾
要是不下一场雪
南方的草地，就总缺点冬天的味道
蚂蚱没有四季

北方的山峰不语
并不等于她不妖娆
风吹开她的云朵衬衣
只露出一抹白
就很迷人

我们常常期待一树花开
等成满地落叶
渴望一场春雨
飘来大雪

再大的繁华
荷叶田田，到岁末
也得偃旗息鼓
我们毕竟都还年轻
总是要像笋一样
剥离一些外壳
才能换上
坚强的肌肉

我们是如此坚韧
只要雨水不落在脸上
别人就看不到悲伤
因为很快有春来
冬天这点寒冷
真不算什么

2016 年 12 月 23 日星期五，上海

阳光照耀你

别看山茶咕嘟小嘴
她一笑就会有高颜值的花开
风还有些清凉
出门你要多穿点
春天虽然不远了
我还是喜欢你暖暖和和，过完这个冬季
喜欢你一年都顺顺利利
健康平安

冷漠不会让一块钢铁服软
只会让冰更加顽固
我会一如既往用阳光照耀你
不会让你有机会
感到心寒

2016 年 12 月 28 日星期三，上海

所谓思念，都在异乡

总会感到亲切
无论在哪，遇到一块菜地
或者一头埋头吃草的牛
或者，鸡鸭乱跑

河水清澈，照亮岸上树木
竹排停靠的岸边，都有人家
阳光下，每一颗鹅卵石都很温暖
我也不会例外

农家的狗，一般不会乱叫
每一位来客，都像它的家人
它只管在台阶上打盹
或者友好地摇摇尾巴

江南采茶之际
往往是阴雨连绵之时
一杯清茶，常常带有烟熏的味道
但丝毫不减热情

一提起莲
就联想到水乡
虽然北方的青荷
一点也不逊家乡的田田模样

自从有了游子
故乡就从来不是故乡人的
所谓思念
都在异乡

2016 年 12 月 29 日星期四，上海

粉红的山茶花

清晨，突然看到一朵花
一朵粉红的山茶花
我惊喜，心花怒放
却又不得不平心静气，去轻轻面对
不忍心惊落她身上的露珠
也不忍心扰她一帘幽梦

我无需确定
她是不是 2016 最后的礼物
抑或是 2017 新年的微笑
我希望她年年幸福地开在树上
阳光一样明媚

即使我离开
她也在心里
路途再远
我也会坚持
脚步和蝴蝶一样轻快
心情和露珠一样透明

2016 年 12 月 31 日星期六，上海

2017 年度

今夜，我守着整个月亮

和你共享，半壁江山

秋风比任何时候都来得细长

河流缓慢

——2017. 9. 1《圣洁》

元旦快乐

我仿佛一下就得到了幸福
从清风徐徐，笑意洋溢你我身体
落日余晖，不舍高低错落的园林
朝阳总在心里
静如兰香

春天就要漫过河水
到达岸上人家
一年过去，一年又开始
时间没有假期
枇杷花开

见惯了麻雀叽喳
不曾听过并蒂花语
倘若真是心心相印
再多的言辞
也都是桌上的插花
墙上油画

去年我给你们的祝福
你们要写在脸上
今年我给你们的祝愿
请牢记心间：

元旦快乐！
新年幸福！

2017 年 1 月 1 日星期日凌晨，上海

锚

如果你起航
请把我放在船头
让我和你，保持在同一水平
不离你太远

如果你停泊
请把我沉在水底，默默守护
你可以安睡
可以放心去岸上繁华

大风大浪都一起经历了
我耐些寂寞
也是为了明天更好的远航

2017 年 1 月 3 日星期二，菲律宾长滩岛

乡 音

也就是到了海边
我才能穿得随意一点
心里的墙，轰然倒塌
一地的阳光、海浪、沙滩
椰风一样轻松

小时候学过的课文，唱过的歌
海已失去神秘
幸好，向往还在
每一个海边的每一朵浪花
都笑得不同
夕阳剪影，帧帧都是丰彩

即使能在热带
做一朵四季盛开的花
我也不愿开在异国他乡
喜欢守在屋里
和你一起，听熟悉的北风
唱着乡音

2017 年 1 月 5 日星期四，菲律宾长滩岛

茶

我爱你，用一杯茶舒适的温度
时光轮回，一进入春天潮湿的身体
我们都会感到愉悦
胸襟开阔，眼光明朗
血液沸腾

也许是一个季节，一个午后
或者，就只是一盏茶的工夫
为你花开，为你花谢
无关光阴长短
人情冷暖

也许只是喜欢，静静躺在你手心的杯里
为你舒展，为你返青
为你散发香气
为你红唇微歙
为你春天温润的身体

2017 年 1 月 9 日星期一，北京

胜却梅花

总是要努力多走一步
才能站在别人前面
看到最美的风景

我不介意风吹乱的头发
更喜欢阳光灿烂的笑容
春天长住在心里
漫天飞雪
算不上浓浓爱意

我无处汲取能量
除了你丰腴的身体
云朵且行且远
满山叶绿
胜却无数梅花

2017 年 1 月 10 日星期二，北京

相约樱顶

不知道你会从哪里来
我只能相约在樱顶
这些年很多都变了
但我的心意，和那个地方
还没有改变

那时候一早读外语的地方
还不叫情人坡
现在我们可以一起去走走
装作当年没有成功的爱情
含笑年年开满欢喜
悬铃木结满相思

要不是一往情深
桂花香也不会那么浓烈
要是能借个小板凳
一起去小操场看场电影
不管有没有结局
你还是我那时活泼可爱的姑娘

梧桐树满身伤痕
并没有妨碍它长成参天大树
我盼你和春天一起到来
那些堆积在心里的石头

一个个都会在春风里化解

2017 年 1 月 12 日星期四，北京

错 过

是时候了，就该停止一些胡思乱想
也没必要总是去触摸
心里的刺
身上的伤疤

人生注定要有各种遇见
花草树木，风景，人
要继续前行
就不得不取舍，错过

风并不是一直在追随自己
其实它早已超越
没有人会留在原地等候
蒲公英也会展开梦想飞翔

那些一直浮在云上的情感
终究会随一场春雨
落在地上
和田野一样实在
满坡开花

2017 年 1 月 18 日星期三，北京

在一朵花里偷偷到来

其实很多时候
我们并不懂彼此
比如诗，比如画
比如门德尔松
比如太阳照在桑干河上
比如丰乳肥臀
比如夕阳火烧田野的枯草
比如大雪只是暂时掩盖乌鸦的足迹

比如在门口伸长脖子踮着脚尖翘望
比如她在一朵花里偷偷到来

2017 年 1 月 18 日星期三，北京

春天的秘密

一年的四季，其实并没什么变化
比如说春天
有变化的是阳光的温度、地里的种子、树上的叶
是天上的飞雁、屋檐的燕，和
心底的欲望

大地才是最花心的男人
总是要有些新鲜的草地、娇嫩的花、水灵灵的池塘
才能满足他的虚荣

不是我放的漂流瓶被人捞起
泄露了秘密
是唇边的笛子吹响了内心的喜悦
透露给了风

她会把快乐带到每一个地方
每一片荒原都有花开

2017 年 1 月 19 日星期四，北京

瀑 布

阳光，和诗
从云朵里一泻而下
我是一条滔滔不绝的瀑布
懂我的，静静地坐着
抹去飞溅的眼泪
听我幸福的倾诉
不懂我的，嘻嘻哈哈
摆出快乐的造型
忙着拍照

2017 年 1 月 23 日星期一，北京

春天的牵挂

宿醉之后
昨日的繁华
我们还记得几许

经幡在风里天天念诵
我的祈福，百遍，千遍，亿万遍
人在旅途，总会有些孤寂
我会带着蓝天、白云和阳光
温暖环绕你

那些片片凋零的落叶
已经失去踪影
夏天已远，秋天已远，冬天已远
我会满心欢喜等你回来
你一回来我就会结束对你的牵挂
好好和你在一起
好好爱你

2017 年 1 月 25 日星期三凌晨，北京

夜　里

天空那些星
她们朝我们眨眼
但都不是我们的情人
织女情有所钟，嫦娥也不是

流星是仙女下凡的足迹
高原经常有一些牛奶一样的湖泊
那里离天最近，是她们经常沐浴的场所
我们可以到人迹罕至的山林
去找她

风永远不会惊醒林中的野兽
只有人，再轻微的举动
也会扰乱森林的平静
那些花花草草都不是我们的
相思鸟早已芳心暗许，夜莺也不是

你可以安心地睡在夜里
但夜不会只陪你睡

2017 年 1 月 25 日星期三凌晨，北京

除旧迎新

鞭炮的碎屑
都扫进了火塘
梁下的腊味
一天天，比鞭炮还红火

亲情围绕的灶台
是比春晚还热闹的舞台
土鳖的幸福生活
都在温暖的炉灰之下

门前鸡鸭成群
屋后猪羊满圈
乡村的快乐
不只是生机勃勃的菜园

城市在这天会更加空旷
家乡在今晚会更加热闹
旧恙，旧岁，旧尘埃，今夕都除去
新雨，新枝，新好运，明日全迎来

2017 年 1 月 27 日星期五，除夕，北京

拜 年

我把辛勤一年的双手
暂时收回来
抱成拳
握在胸前

我要感谢早起的太阳
给我乌黑的眼睛、永久的光明
看到花，看到草，看到蓝天白云，看到飞禽走兽、高山流水
看到蝼蚁

我要感恩身边的亲人、同学、同事、朋友
没有你们就没有成功，没有开心
没有温暖
阳光照耀坦途

我要深深祈愿大家
永远都要比我快乐健康，和进步
那是我新年步伐追逐的动力
一生的奋斗目标

我要把拳头紧紧抱在胸口
给你们拜年
那是离我心脏最近的地方

是我最真挚的新春祝福

2017 年 1 月 28 日星期六，正月初一，北京

忆江南

外面好大风
正月初二，风往南使劲吹
像是想把我也送往南方
那里一定是有什么美好的事情
非要我亲自去

那里还有嫩绿的草地，葱绿的山峦
清澈的溪水，从不停歇
菜园不用大棚
河面不会结冰

那里是江南，是故乡
是长期以来，心底一直不忍触碰的字眼
竹林窸窸窣窣，是我熟悉的乡音
儿时摇篮曲

那里的山上，沉睡着祖先
有祖先的地方，才是故乡
那里的山下，生活着亲人
有亲人的地方，才是家乡

外面好大风
正月初二，风往南使劲吹
像是想把我也送往南方

好吧，我就亲自跑一趟
把春天接回来
把亲情接回来
把思念接回来

2017 年 1 月 29 日星期日，北京

青 砖

从老屋拆下来的青砖
堆在废墟上
总觉得哪天
能派上用途

后来废墟上
又起了新屋
用的是崭新的红砖
青砖在打地基那一天
被挪到了一旁
日晒雨淋，长满青苔
像爷爷最后那些年
没有修理好的胡子
他垮了，老屋也就垮了

看来到哪天，都派不上用场了
这些曾经大户人家的青砖
只是一些念想
而这些念想
如今也长满了青苔

2017 年 2 月 2 日星期四，北京

一等座

不知什么时候
她中途上的车
代替了前面的那位一直高声打电话
感觉良好的中年女子

她就坐在我的斜对面
皮肤白皙
神态安恬
身材高挑
她有一双好看的眉毛
一双好看的眼睛
一双好看的手
眉清目秀
十指修长
隔一个街区
我都能感受到她长长的睫毛
扇起的风

她一路戴着口罩
终到北京，一直没说话
但我很喜欢
因为我觉得
她符合一等座的身份

2017 年 2 月 2 日星期四，京哈高铁

春 梦

从今晚起
三个月
所有的梦
都是春梦

从今晚起
三个月
宵禁，你可别进来
你一进来
便无处可逃

2017 年 2 月 3 日星期五，立春，北京

春天的声音

我听到了窗外的声音
风穿过篱笆
又回到原野

雪地的脚印
看不出是谁的足迹
虽然台历上有立春的记录
春即使来了
这么冷的天
我们也无从知道，她从哪扇门进来
又到过哪里

她走过的路
应该都有花开的味道
小草的清香
但铁道所指的北方
还没有返青的迹象
芳踪全无

江南的白鹭，栖息沙洲
它不会理会过往的船只
春光不会藏在某个舱内
虽然那里，也许有窈窕的身姿

高铁用整个冬季
都在背着南方的阳光
向着北京飞跑
一趟一趟，运了这么多
我想，春天，应该会感动
她要回来了

2017 年 2 月 3 日星期五，立春，北京

立 春

风还是那么清冷
但我猜你，迟早要来
森林里的每一个童话
都会发出新芽
开满野花

因为有你
我会变得更加富饶
每一个季节，都有幸福雨落
溪水流畅
水草丰满

我喜欢白桦林那一双双迷恋的眼睛
不辜负小鸟深情的歌唱
我要在春光里庄严奔跑
净水泼街
黄土垫道

2017 年 2 月 3 日星期五，北京

那片叶子

我认识你，时间不算长
开始喜欢你
仿佛还在昨天
青春的你
宛如三月的樱
四月桃花

那片叶子
夹在书里很多年了
我捡起来收藏的时候
远没有现在看着
揪心疼

那张照片
也一样

2017 年 2 月 3 日星期五，北京

眼睛一样优美

春天来了，但应该还在路上
坐的慢车，绿皮车厢
我们先别急
泡一杯去年的茶
北京，北京东，北京西，北京南，北京北
无论从哪里来，都不着急
慢慢等

我不会让春天错过你
真不会，有我的，就会有你的
春天多美好
温暖，温馨，温润
好雨，好风，好时节
随便伸伸腰，也
好发芽

好吧，你要是喜欢花
那一朵朵，一片片，漫山遍野
都算你的
我就去爱那些刚发芽的小草、秧苗，和
蠢蠢欲动的种子

不过，那一串串新叶上的雨滴
也归我

因为，像她
眼睛一样优美

2017 年 2 月 5 日星期日，北京

红 鲤

去年回老家，大叔偷偷说
有一天，一个穿红衣服的女子
向他打听我下落
我说，谁呀，长什么样子
他说，个子高高的，长得还挺好
我说不知道

他把我又往旁边拉了拉
压低了声音：
我刚告诉她你回北京了
突然她人就不见了
只听到"扑通"一声

我头皮一阵发麻
脑子一激灵，猛然想起
去年十一
我就在门前那个池塘
放生了一条红鲤

2017 年 2 月 6 日星期一，北京

如果没有诗

今晚特意只拉了半扇窗帘
一觉醒来
发现外面还有万家灯火
城市的繁华，大概就是这样
总有些不眠的眼睛
和勤劳的双手
不会沉睡
也不会停歇

即使夜再深一些
百分之九十九的人都睡了
依然还有无数的街灯
照亮那百分之一的归程
这就是城市的魅力
和乡村远远不及的温暖

如果没有诗
我就算在这市中心住再大的房子
也很贫穷

2017 年 2 月 6 日星期一，北京

麦 芒

我喜欢像大地一样躺着
一年四季你可以大步走在我身上
我身上的道路并不平坦
不过你放心
你倒下我会很柔软

那最柔软的不是我的麦地
也不是躯体
春天注入我眼里的每一滴雨水
都是我的心甘情愿

你每一次奔跑我都会给你展示蓝天
你每一次跌倒我都会隐隐作痛
阳光总会扶你从我骨头上站起
我心里的每一束麦芒
其实也都是一朵朵鲜花要奋力绽放

2017 年 2 月 7 日星期二，北京

情人节

还是光明正大过个情人节吧
春潮来临
那么多花，那么多草，那么多燕子、鸿雁
成群结队，要来
来我们的屋檐底下，芳草甸，芦苇荡
娶妻生子，成家立业

我们有那么多情人
父母，孩子，爱人
同学，同事，朋友
都是有情人
春风百度，彼此相欠
一望无际的莲花，阳光下熠熠生辉
你所不知的十指相扣，心心相连
都在荷叶之下
沃土之中

打开囚门，放飞内心躁动的百灵
让它和白云一起高飞
还有什么美好的声音可以传得更加遥远
星星被一一击落
牛郎织女
坠入凡尘

2017 年 2 月 14 日星期二，北京

伤　心

你真是我的情人吗
想好了才祝福我
春天可以属于每一个人
但每一个人，只有一个春天
桃花笑与春风
梅花开给雪
我宁愿守住，樱树的疤

你可以错开大片的天空、大片的海水
亭亭玉立，衣襟飘飘
跟我谈论远方
雪山，草原，青稞地
风受过的委屈
我也会耐心倾听
静如高原

别送我礼物
尤其是又甜又糯的巧克力
我害怕那里有爱情的虫子
蛀了我的牙
突破我唯一一道防线
伤了心

2017 年 2 月 14 日星期二，北京

一江桃花

每到这个季节，都要写一写你
不惜最炫的文字
心事一瓣瓣
樱花悄悄落下
我是那路边的草根
你不来，我不发芽

我也有一颗桃花心
存着水墨情怀
旷野，荒原，低洼地
都是我生长的地方
你可能看不见我
我可一直追随你

没有一种弧线
能比春天的花房更饱满
比星空，更清纯
繁花点点，彩云处处
我喜欢的月亮
家在桃源

我很满足
可以近赏，可以远观
蜂蝶随风飞舞

窈窕春色，在江南水乡肆意渲染
你送我一江桃花
我还你满园梨花

2017 年 2 月 15 日星期三，北京

春 雪

一场纯洁的爱情，就这样漫无目的
铺天盖地
除了找不到食物的乌鸦
没有谁，不满心欢喜
任雪花像春天的幸福，一片片
扑面而来

我也喜欢这样的感觉
清新，自然
像一个美丽的少女
突然在你脸上轻轻一吻
又小鸟一样飞走

2017 年 2 月 21 日星期二，北京，雪

渡　口

树叶，和草
都不能选择哪个方向来的风
特别是，从南方
它们只能用一岁一枯荣
来表白自己

不喜欢，就偃旗息鼓，打点行装
藏在篱笆之后
闭门谢客
喜欢，就从江南
一路绿到大兴安岭
额尔古纳河
南岸

那年，你离开的那个渡口
一江春水
已泛滥成灾

2017 年 2 月 25 日星期六，北京

我想你是什么模样，就是什么模样

无论离开多久
心上总有你的影子
春风时常把你从我梦里唤醒
醒来时万家灯火
明月千里，梅香暗渡

青石板被打磨得一年比一年光亮
看不出任何足迹
墙隙的青苔
却清清楚楚告诉我
你已经来过

昙花按捺不住喜悦
笑得还有些羞涩
一滴水，从小就没有一定的形状
长成溪，长成江河，长成海洋
也没有

就像这些年
你在我心里
我想是什么模样
就是什么模样

2017 年 2 月 25 日星期六，北京

称心如意

越是娇艳
便越是脆弱
鲜花，新芽，黎明
还有，想和你
唇齿一样相依

但，我们身处尘世
只要有风
就会殃及草尖上的露珠
不会让它
称心如意

2017 年 3 月 2 日星期四，北京

寻人启事

一切都是按部就班
玫瑰的枝丫
已挂上新芽
春暖花开
应该不会太遥远

可能是你唇边的笑意
和飘逸的柳发
才让蜂蝶，有了停靠的冲动
我习惯戴上墨镜
掩盖惊喜
不让别人，从我眼里
抢走幸福

在春天熙熙攘攘的街道
在一张模糊不清的寻人启事前
我想到了你

2017 年 3 月 3 日星期五，北京

满江欢跑

我要回到江南
但不会和谁去争夺春光
就守着一棵新竹
听雨，听风
任蜂蝶在油菜花海里翻飞
游人如潮

我喜欢的三月
屋檐，天井，芳草地
到处都是雨水
我只钟情于蜿蜒幽长的小巷
和雨水一样的姑娘

我要抑制一下心跳
送她一把小花伞
让细雨和两岸翠柳
追着她
满江欢跑

2017 年 3 月 4 日星期二，北京

惊 蛰

我从未放弃信念
即使离开很久
又经历了酷暑，严寒
喜欢的草地，失去光泽
红叶落满枯水
满江萧条

所以今年又浩浩荡荡回来
油菜花漫山遍野
衣锦还乡
我也不会惊喜
白天照样忙碌
夜晚和街灯一起失声
梅香并不孤独

只要心里有你
你穿红着绿，还是银装素裹
并不重要
因为诗在身边
梦在远方

2017 年 3 月 6 日星期一，北京

老 屋

我其实是想在家乡建一栋老屋
青砖，黑瓦，白墙
门前桃花
屋后竹林

再过些年，我就做一个爷爷奶奶那么慈祥的老人
坐在屋檐下
看着田中的秧苗
院里的孩子
满脸笑纹

那些早起的燕子
不会吵醒我
风也不会让我着凉
要是你还能拉着我
颤颤巍巍，也不影响
大好春光

2017 年 3 月 6 日星期一，北京

冷　漠

你给的态度
蜂蝶知道
但它们还得起舞
还得驻足
不管一朵花上
那阵雨在哭，还是笑

在天空的心里
任何时候
我都会像太阳一样温暖
春风一样和煦
不像星光
那么冷漠

2017 年 3 月 6 日星期一，北京

美好的夜

春天一定也去了那里
否则不会开那么艳
蜜蜂不会去
但我忍不住想
不管张不张开枝丫围成怀抱
毫无疑问，她已经吸引了我
流浪猫停止了呼唤
白鹭归巢
太阳把天空
让给了美好的夜

2017 年 3 月 6 日星期一，北京

珞珈樱花

每年三月
珞珈无需月光
樱花总能如约而至
照亮樱顶
青砖，绿瓦，红窗

繁花似锦，游人如潮
一年最美的风景
总是从古老的台阶、起伏的山林
跳出来
拉开序幕

从明年开始
我不再计算花期
就做一株迎春
扎根情人坡上
和她一起幸福开放
和她一起快乐飘零

2017 年 3 月 8 日星期三，北京

水一样的女子

在江南
就要去爱一个水一样的女子
在喂完池塘的鹅以后
再去河边
杨柳在烟雨里
浣丝

夕阳西下
月光也像水一样
流入闺房
那朵莲
就安静地开在那里

2017 年 3 月 8 日星期三，北京

人 海

那些转瞬而逝的爱情
用一场雪花送别
正好

枝上的冰挂
是季节留下的最美好祝愿
当寒潮过去
春暖花开
它就会默默离开

就像哪天
又相逢茫茫人海
在一年一度的樱花劫里
沦陷

2017 年 3 月 11 日星期六，北京

世　上

世上所有的山
都是男人般的存在，草木的依靠
小鸟的天堂

世上所有的水
既无形，又有形
都朝低调走，不往高处攀

世上所有的花
都是自己开出来的，有芳有香
蜂蝶自来

世上所有的女子
长得都像花，各花入各眼
各眼捧回家

2017 年 3 月 8 日星期三，北京

桃　花

写这首诗时
我想起了民国女子
雨夜空巷，丁香满地
每年这个时候
我们都要盘整土地，清点种子
心甘情愿
等待一坡桃花

所有落花，都是有情的
我就不相信
谁能在这大好春光里
不拈花惹草
还全身而退

2017 年 3 月 14 日星期二，北京

豆 苗

就算是一根豆苗
也不得不努力
它和别人一样，一出生
就肩负着生儿育女、传宗接代的责任
不管好不好看
它也想开自己的花
有蝴蝶追

它也想拖儿带女
明年还回来
看望春天
看望还在台阶上晒太阳的老奶奶

2017 年 3 月 16 日星期四，北京

杏花万千

我对你的欢喜
基于你对我的崇拜
当那些花瓣一一被掰掉的时候
玫瑰就要死了

满江丰盈，那不是在说你
我流落在溪水的眼睛
没有一根水草可以拯救
还能一往情深的
都是过往的鱼

唯一可期待
是遇上一条打鱼船
再上岸
回到落水的地方
建一座庙
重塑金身并不是为了再接受膜拜
我要为过去烧头一炷香

门外春光
杏花万千

2017 年 3 月 16 日星期四，北京

生旦净末丑

雨水以后
谁的足印都会长出青草
这本来就不是我们的地盘
我们只是临时寻求一块租界
放下不安分的灵魂
人生生旦净末丑
终归菩提
尘归尘
土归土

你归我

2017 年 3 月 16 日星期日，上海

劫

我在江南的烟雨里匆匆而行
就像燕子穿过雨季
横渡长江、黄河
一路北上

它不会把窝再做到你眼前
远离城市，远离你的屋檐
要看不到你，也不让你看到
才能逃避

你不得不承认
田园千里，暮色带青
这，就是劫

2017 年 3 月 20 日星期一，上海

读　懂

读懂一个人
比读懂一门艺术难
你得从油光发亮里
读出头屑
从西装革履
看穿皮肉，和五脏六腑

对那些不着边际
口吐莲花
不得不置若罔闻
最终还要避免死于一棵铁树
它会从千年难遇的花里
伸出一把刀子

2017 年 3 月 21 日星期二，上海

因为爱

因为爱上你
爱上诗
因为爱上诗
爱上春，爱上夏，爱上秋，爱上冬

爱上远方的山、窗外的风景
爱上路边的草
爱上蝼蚁
爱上雨，爱上泉眼
爱上低矮的草屋
爱上泥泞

爱上清澈小溪、浑厚江河
爱上大海风暴
爱上帆
爱上乌云
爱上撕开乌云的闪电

爱上陌生人
爱上敌人
爱上心里莫名的痛

2017 年 3 月 21 日星期二，国际诗歌日，上海

梨花带雨

雨，就一直这么下
不慌不忙
漫步大街小巷，水田荷塘
好像春天专属于它

有人恼，有人妒
溪水却是满心欢喜
游鱼逆流而上
杨柳择水而居

梨花带雨
她首先得是花
我见犹怜
没人会舍得让她悲伤

在看不见的地方
北下的，南来的风
紧紧拥抱在一起

2017 年 3 月 22 日星期三，上海

春　天

我喜欢像青草一样爬上你的身体
选一块沼泽，最温暖湿润的地方
栖息下来
扎根，生长，繁殖
就像江南
总在我心爱的最顶端
水草肥美
意象丰满

在星星点灯的夜晚
我又会像天空一样
抱着你
安恬地睡去

2017 年 3 月 23 日星期四，上海

江岭油菜花

太阳一点点揭开雾纱
我终于看到你清丽的颜容
你曼妙的身姿，一点点绽放
每一朵花
都在向太阳微笑
向等待的我和山茶树
点头，挥舞小手

我忍不住要奔跑，要去爱你
投入你灿烂的海洋
沿路唱一首歌
一首老情歌
不怕潮水般的游人和露珠笑话

从今往后，我不再总在旅途
匆匆赶路
要在这样山清水秀的地方
择一所民居，驻足
听晨钟暮鼓
在碧绿的山坡上，迎着山风
看你美丽的风景
芳香扑鼻

2017 年 3 月 26 日星期日，江西婺源江岭

月亮湾

嫦娥的一汪笑意
就永久留在这里了
流水清影
油菜花正旺

春风乘一叶瘦舟
游在盈盈的心上

2017 年 3 月 26 日星期日，江西婺源月亮湾

涟水河，孙水河

我喜欢故乡这两江接吻的地方
烟雨朦胧总是充满诗情画意
它们日夜兼程，风雨无阻
就是为了在这里激情相会
心身可以合二为一
携手远方

那些被雨打翻的花盏
又被草地点亮
蝼蚁们的生活变得丰富多彩
可以有机会和春天最娇嫩的部位
亲密无间

我从心里落下一块石头
重新回到亲切而辽阔的大地

2017 年 4 月 1 日星期六，湖南娄底

清 明

人，总是这样
一到春天，就恨不得把所有的土地
都开垦出来
种上庄稼
栽上花
牛羊遍地

但我喜欢给河流让条峡谷
给羊留出小道，松柏留下石缝
让那些莫名的野草
长满田埂
它们不嫌弃贫瘠
没理由不给一个开花结籽的机会

我也希望给我们的祖先
保留那块向阳的坡地
不动那里的风水
让清明的幡，自由自在地飘
保佑那些出门在外，和还未出世的孩子
一生平安

2017 年 4 月 4 日星期三，湖南娄底

华北平原的油菜花

偶尔有些雾
当她的纱
但她还是裸露的，不胜娇羞

偶尔有阵风
想拉她走
但她摇头，目送远方

偶尔有场雨
给她感动
但她坚守泪，不掉下

她身材一天天饱满
笑容一天天憔悴

2017 年 4 月 10 日星期一，武汉到北京高铁

冷　漠

旁边的座位
几乎每站都在换人
有时在我梦里
有时在我欣赏窗外的风景
或者，喝水的正当儿

一个是中年女性
一路用电话热情洋溢邀请一位男人
让他有机会下次带夫人再来河南转转
一个上来就戴着耳机，看电视剧
一个一屁股坐下就开始打呼噜
一个小鲜肉，闷头打游戏

好在列车把他们一个个扔在路边
最后上来一位慈祥的老奶奶
带着她的小孙女
和我一起，回到心爱的北京

2017 年 4 月 10 日星期一，武汉到北京高铁

蚂 蚁

我属于少数群体之一
不抽烟，不喝酒
喜欢看书
写诗歌投毒
在新花与嫩芽的清香里
用杨树叶和光影
推杯换盏，醉不自醒

我喜欢花的纯洁
不在乎它有没有蜂蝶的经历
杨柳弱不禁风
但还在努力伸向湖心
那朵莲

无论风暴是否来临
在春天，在夏天，在高大茂密的白杨树下
我依然像蚂蚁一样
想你

2017 年 4 月 10 日星期一，北京

命中的舍利

春天绿，这份感情
越来越沉重
只有做一片忙碌的天空
才能轻松一点
阳光，雨露，风

莲从冬天一朵朵睡醒
去年的枯箭
还一根根插在荷塘的胸口
它开的花，结的果
注定要成为命中的舍利、心底的苦

逃无可逃

2017 年 4 月 12 日星期三，北京

芳草萋萋

就像天，地
一棵树，和一棵树
做一个裸体的人，和喜欢的人
热情拥抱
花一样，打开心
绽放才是最美的表达
枯萎只是爱过以后值得付出的代价
芳草萋萋

2017 年 4 月 16 日星期日，北京

圈　子

洋葱，看似饱满，圆润
神采奕奕
一旦剥开，切开

它除了圈子
还是圈子

2017 年 4 月 21 日星期五，北京

当春风最后路过时

请允许我，再开一次
像一朵安静的花
或者，长茂密的叶
结青色的果
做蒲公英的种子

当春风最后路过时
对她笑
为她鼓掌
再陪她
飞一会

2017 年 4 月 23 日星期日，北京

美好如初

春去无痕
请容我再爱你一天
就如初升的太阳
朝露，红日，晚霞
银河千里
繁星满天

你醒来时，我们还是
美好如初

2017 年 4 月 27 日星期四，北京

山 茶

你一千杯茶
大概是抵不上我一首诗的
不过，我一千首诗
也抵不了春风里
你低头一笑

2017 年 5 月 1 日星期一，北京

五　月

我不敢和你赌
哪只毛毛虫会变成美好的蝴蝶
而不是一只普通的蛾子
我像蝴蝶喜欢花一样
喜欢水稻从小的样子
喜欢麦穗高挑，浮萍随和
喜欢小溪跳越圆滑的石头
芦苇浩荡

五月的香，总是和雨水一样流畅
荷塘一样安静
枝繁的树木，可以轻松判断那些热情的风
来自何方
并用茂密的叶，指引春去的方向

虽然有人惋惜，有人不在乎
但我还是喜欢五月
喜欢她成熟的身体，越来越火辣
喜欢她花开的唇，越来越性感
喜欢她如梦初醒
一步步
向我们走来

2017 年 5 月 2 日星期二，北京

惜 春

我目送春天走过斑马线
渡向温榆河对岸
燕子在她头顶盘旋
低声呢喃
不忍离去

夏天的河水
滔滔而来
青草和麦苗，都整齐地朝一个方向
向更远的北方
热情致意

麻雀一早就在吵闹
告诉我不要贪睡
我趁机写下这个春天最后一首诗
让它和黎明一起
亮了起来

2017 年 5 月 4 日星期四，北京

立 夏

我就要了你这第一天
尽管你对我还不冷不热
这一天我哪也不去
静静等你
开门，把你迎进家里
摆上水果、点心
热情款待

我和你并肩坐在沙发上
看书读报
品明前茶、春天诗
开心了，就彼此微笑
轻轻拥抱
阳光亲吻前额

情到深处，我就亲自下厨
炒几样拿手小菜
开一瓶陈年老窖
对酒当歌

不等夜幕降临
我就送你走
搭乘最后一班晚霞
我会一如既往

告诉每天的朝阳
我不是春天
但比春天温暖

2017 年 5 月 5 日星期五，立夏，北京

大 同

五一自驾，从大同归来
一直都没写出文字
孩子说，有什么好写的
黄土，大佛，风沙
现代古城

在土林，一群拍婚纱的人
前呼后拥
一个女孩说，这里除了土还是土
真适合骆驼

我实在忍不住，搭了一句
难道骆驼只吃土吗
于是众人欢笑
尘土飞扬

2017 年 5 月 6 日星期六，北京

她静得像古巷深处，一株兰

蜂蝶在天空快乐飞舞
都是为了盛开的花朵
我紧紧搂住夏天的肩膀
不让太阳笑出声

清风万里，晴空万里，绿荫万里
每一滴朝露
都清晰地向全世界宣告
美好的一天，重新开始

穿越紫云英铺就的原野
随它一直红到天边
阳光揪心地疼爱每一个弱小的生命
萝卜花开得也很优雅

春天从大路拐进了小道
她静得像古巷深处
一株兰

2017 年 5 月 13 日星期六，北京

破 茧

我亲眼所不见的灵魂
一年四季的炊烟
雾
都去了天堂

它们得借风，借雨，借雷
借闪电
借一个子宫
和一朵盛开的花
才能回来

我迟早也会盛开
春风从我体内
破茧而出

2017 年 5 月 16 日星期二，北京

南浔古镇

夏天从很远的城，匆匆赶来
南浔，这个小巧的古镇
和穿街而过的河
像极了江南女子
婉约，温润

烟雨朦胧，每一个水乡
都有双桥
可能是桥上看花纸伞
更加美好

春天所不知的高墙大院
还藏着欧式建筑
红墙，玻璃，罗马柱
和雕梁画栋
交相辉映

在这里，流水都不是橹
摇走的
诗，和那些浣丝的姑娘
有多少青春
都随船去了远方

远方永远回不来

回来的只是游人
和游子

2017 年 5 月 21 日星期日，北京

春天的大堂

太阳虽好
但还是要有些距离
我不能离你太近
也不能太远

就保持着和五月一样的距离
任时光匆匆
我把岁月都放在楼顶
然后在春天的大堂
等你

2017 年 5 月 24 日星期三，北京

美好前程

相处久了，都会生情
一座城，一个人
无论到哪
都依依不舍，念念不忘

梁上的燕子
从来不会迷失道路
秋天怎么离去
春天还会怎么回

大雁的每一次北上
都有一个美好的前程
蜜蜂飞入花海
果实压满枝头

清风从来不等待
只有池塘
等一个雨季，变得浑厚
等一泓秋水，表达清白

2017 年 5 月 24 日星期三，北京

樱雨纷纷

只有樱花开的时候
时光才会倒流
回到我们各自想要的日子

珞珈山上
那些蓝色的琉璃瓦
阳光下闪烁其词
像极了当年那些酝酿了一夜的表白
最终还是被风吹起的叶子
顾左右而言他
樱雨纷纷

2017 年 5 月 24 日星期三，北京

端 午

夏天，流浪在汨罗之上
在河流之上
在密密麻麻的艾蒿、菖蒲之上
龙舟竞渡，浑厚的河水卷不走这片土地的苦与涩
只有这个节日，我们才过得没有味道
香草美人，无法浪漫

每到这个季节
太阳之刃，带着镰刀一样的弧度
给我们光，给我们殇
给我们楚河汉界
山河厚重
白云迢迢，长路漫漫

我们貌似尊严
却无法按捺内心的波浪
因为
在你之前，没有诗人
在你之后，谁领风骚

2017 年 5 月 30 日星期二，端午，北京

太阳，葵花

要倾泻多少光
才能收买你
不从东起，不往西落
留在天空的
心脏

这样我就可以一直昂着头
不再左右摇摆
不失去方向
不会为风，为雨，为雷电
折腰
我只为成熟和饱满，点头
为收获
倒下

2017 年 5 月 31 日星期三，北京

六 一

没人能想起母乳的味道
也记不清在母亲怀里的样子
这个节日是送给那些天真的孩子的
我们，用来回忆

你看那些盛开的花朵
石榴，扶桑，满塘的荷花，睡莲
都是为孩子们开的
开在他们衣上，脸上
心上

世上的一切都可以奋发努力去追赶
只有年龄，永远追不上
也永远，回不去
我们只能做一缕阳光
呵护在他们周围
照耀他们成长

2017 年 6 月 1 日星期四，北京

冬 夏

大概是冰火不能相容
冬，和夏
永不见面

好吧，借我一个春
我以新芽、新枝、新蔓藤
与你们牵手

或者，借我一个秋
我以叶落、草枯、秋高气爽
和你们拥抱

2017 年 6 月 6 日星期二，北京

看见了爱情

我不想潜伏得那么辛苦
看见花，就该欢喜
看见雨，就可忧伤
看见蓝天
就与云同飞
看见归燕
就看见了爱情

爱情就是在屋檐下呢喃
朝夕相处

2017 年 6 月 6 日星期二，北京

上　床

雨，一丝不挂
欢快扑来

我门窗紧闭
不让她偷偷进屋
上床

2017 年 6 月 6 日星期二，北京

写　信

我想写一封信
不用伊妹儿
不用微信
不用短讯
不用快递

用很早以前，贴八分邮票的那种
被骑绿色单车，穿绿色制服，背绿色挎包的人
带走
然后，被装上绿色邮袋
坐绿皮车厢
再到门前
绿色信箱

它无惧四季，风雨无阻
它饱含等待，思念可期
一封还没到
一封又上路

嗯，就写这样一封信
给她
即使近在咫尺

2017 年 6 月 6 日星期二，北京

最美好的事，就是和你一起读诗

在河之岸
河水，比春天更容易流逝
那些花容
迟早都会随秋风而去
留下的，是坚韧不拔的根
和骨头

六月之城
天空和你，新鲜得像玫瑰带露
荷尖挂满水滴
清风从叶片间，徐徐而来
这时节，最美好的事
就是择一片绿荫，或沙发一隅
和你一起
读诗

2017 年 6 月 7 日星期三，北京

过南山寺

夏天用滔滔洪水
为春远远送行
谁都阻止不了雨点对大海的追求
泥沙也一样

如果树不喜欢
叶也会选择离开
有时候拥抱反而生疏
挥手才是爱

一年有四季，冬寒，夏暑
蜜蜂天天赶路
我想去菩提树下坐坐
心里好多话
想说给菩萨听

2017 年 6 月 12 日星期一，三亚

树木友好

树木和花，都很友好
玫瑰带刺
只针对伤害她的人
黄连苦，却让肚子舒服
心舒坦

浮萍和水葫芦，开不开花
都藏不了秘密
哪怕是根有点动静
都能被子了听到，鱼看见
流水带不走心上的芦苇
帆陪它闯天涯

谁都会对童话般的故事
心怀憧憬
太多的繁华
其实只是锦衣夜行的蝴蝶
蜜蜂才是自食其力

清风从松林回来
真不能辜负这里的每一片树叶
我想给每朵阳光
配上诗
就像燕子对温暖的追求

不惜千山万水

2017 年 6 月 13 日星期二，三亚

最多飞走

一只小鸟，在夏天
挑挑拣拣
寻找最爱

食物如此丰满
它没有理由
不挑些自己喜欢的

它和谁都没仇
见谁都蹦蹦跳跳，说说笑笑
如果看不顺眼
最多飞走

2017 年 6 月 17 日星期六，北京

父爱如山

我们都有一个家
背山而居
那是人生最好的风水
心灵最稳的依靠

林间有鸟语
峡谷有花香
冬天为你挡风
夏天为我送凉
不约束溪水，去往远方

父爱如山
很多时候，我们并不自知
无论鹰飞多高，儿行多远
都如沐春风
无处不在

2017 年 6 月 18 日星期日，父亲节，北京

撞　伤

生活总是一本正经
远没有小鸟那么活泼可爱
雷电霜雪都得受着
彩虹也是过客

湖泊只是江河临时的休整
奔波才是常态
山花和草原是路过的一部分
更多的是崎岖

红豆常常从南风里冲出来
撞伤人行道上的你我

2017 年 6 月 24 日星期六，上海

北平，北京

如果回到那个年代
我会喜欢北平
穿个大褂
提个鸟笼
和左邻右舍，满口您哪
吃了嘛
如果成了大户人家
还有机会纳个小妾，坐个小轿
如果是个穷人
就去闹场革命
或者，上前线
杀敌抗日

现在，我还是喜欢北京
虽然很多城墙被拆
附近的和平门和宣武门
也只剩下名字
但这里离前门楼子，毕竟不远
离琉璃厂，一步之遥
不需要花很多时间，就可以去大栅栏
怀旧，发呆
路过八大胡同
还能闻到那些
民国味道、风流韵事

我所不知道的三里屯、后海、798
不喜欢就算了
随便一片柳荫下，都能读书，写诗
故宫，天坛，王府井
这些繁华，都让给游人
我可以远离尘嚣
去潭柘寺，或者爨底下
看看红叶
吹吹风
听听松涛唱心经

也许，在这么庄严厚重的皇城根下
还能遇到一些动人的风景
一个活泼可爱
心仪的人
然后我会亲口告诉她
因为你，我更加喜欢
北京

2017 年 6 月 26 日星期一，上海

还 愿

今天的北京，没什么不同
但路边的林荫，可能浓了些
有一些叶子，舒展了
有一些叶子，老去
只要新叶总是比老叶多一些
这就是夏

一封信，和一片叶子，一样
成不了什么风景
这只是个心愿
那时心里许下的愿
今天要来还

2017 年 6 月 28 日星期三，北京

大地一样喜欢你

四季给我穿什么衣服，我不在乎
即使裸露，我也有各种颜色
我沃野千里
也有嶙峋山骨
无论阳光爱，还是清风抚
总有一些秘密
在它们找不到的地方

你要是喜欢我，我会为你潺潺吟唱
每一株草，都会为你
开一朵小花
每一棵树，每一座山
都会为你撑起一片绿荫
留出一个背风朝阳的
家园

我要是喜欢你，我什么也不需要你为我做
我会让你安心睡在怀里
给你盖上月光

2017 年 7 月 3 日星期一，北京

月光照在菩提树上

你一离开
我就像一片树叶落下，变得很轻
轻得雾从山林升起
凝成一片云
也是叶的形状

我今夜所看到的全部月亮
都在落叶附近
远方你会怎样
月光照在菩提树上

2017 年 7 月 4 日星期二，天津

天津之眼

天津之眼，看得游轮醉
看得海河心，荡
清风手拉荷香
扑面而来

我白天看见的那些荷花
一枝枝，都是夏天竖起的耳朵
清泉跳入池塘
柔情似水，最幸福的还是鱼

风和我一样，一次次相聚
又一次次，有辞而别
路上那些花，是谁
送我的路灯

2017 年 7 月 5 日星期三，天津

淬 火

在七月，雨落下来
是来淬火的
肤色古铜，骨骼钢硬
它还要打造一把把刚柔相济的剑
斩断湖里的藕
让林子的知了
更加尖叫

路边的雏菊
被雨水压得很低
心事重重不是我的模样
芦苇的头，抬得比向日葵更高
身材挺拔

风不是我带来的
但我每向前一步
都会阻止它疯行的速度
让它在湖边蜻蜓的翅膀上
多停一会

我爱这江南炎热潮湿的夏季
就如我爱她的春天
草长莺飞

2017 年 7 月 15 日星期六，泰州兴化

它有我喜欢的白

夏随荷花盛开
又躲在莲蓬里结籽
牵牛攀的不是高枝
它想拉云的手
禾苗正在灌浆
野草慢慢成熟

鸟在树上成家
风却穿堂而过
榛子一天天刚强
我是内心柔软的核桃
稻谷迟早会脱去嫁衣
它有我喜欢的白

2017 年 7 月 17 日星期一，南京

高铁上的小水珠

高铁车窗上的小水珠
像一只只精子
拖着长长的尾巴
争先恐后，向后游去

我有些纳闷
后面是九车厢
不是子宫啊

2017 年 7 月 20 日星期四，赴长春高铁

迷迭香

我不仅仅钟情巍峨的山峦
薰衣草、迷迭香，和稻田里的稗子
我也中意
阳光下，它是那么与众不同
身材高挑，出类拔萃
到秋天
还有稻谷一样的深沉、圆润

是的，只要是饱满的事物
我都会奉为神明
表象敬畏，心生暗恋
那堤岸束缚不了的河水，越来越丰满
一切凹凸有致，和难以抑制的
我都会喜欢

我只要看到风里孤单的雨燕
花开也好，叶落也罢
爱就会油然而生
大道无垠，夕阳落在草垛后的背影
就是到了深夜
我也会念念不忘
但星月不会有忧伤的眼神

2017 年 7 月 24 日星期一，上海

复 活

繁华一旦过去
秋风就会清扫战场
银杏从青松那里学来的清高
在一场风雨之后
全线崩溃
夕阳，被吹落山脚

树梢上最后的几枚柿子
红透了
留给路过的飞鸟
作为幸存者，它们会目送雁阵
一拨拨，荣归故里

如果一切可以重来
我不再等待春天
我会选择横店
很多人在这里死亡
又很快在这里复活

2017 年 7 月 25 日星期二，武汉

四十二度逃亡

42 度，感觉整个上海都在外逃
风，逃往北方
黄浦江逃往太平洋

虹桥高铁站挤满了人
连开往武汉这个中华老字号火炉的和谐号
一等座、商务座
也座无虚席

这一路走来，已经有些日子
我担心逃回北京
半身肥肉
已成油渣

2017 年 7 月 25 日星期二，武汉

今夜，我不在德令哈

今夜，我不在德令哈
距那里，两千两百零九公里
我在香炉营，西城区，北京
足未出户

我不关心人类
也不关心柴米油盐酱醋茶
我只是在想，这只蚊子是怎么飞上九楼的
要怎么才能不伤它
又不让它伤我

阿弥陀佛

2017 年 7 月 26 日星期三，北京

我不是仓央嘉措

要勘破红尘
不那么容易
玛吉阿米的情人
佛法高深
还痴迷她的指尖

要触摸一个人的指尖
也不那么容易
春天不经意，花就漫山遍野
冬天要用满腔的热情
才能点燃一朵梅

每一天，每一棵树的每一片叶
都可以用来寄托雨露
却没有一个季节、一节经幡
可以用来忘记

2017 年 7 月 26 日星期三，北京

精 致

晨曦并没有把我扰醒
活泼的小鸟也没有
是闹钟，开启了新的一天
又匆匆踏上旅程

北京的天空给了我秋天的感情
四周充满凉意
云朵虽然有些厚重
心情却无比轻松

沿途林荫浓密
花朵还在盛开
槐花为我送行
至今身有余香

飞往香港的航班
我看到一位面容精致的女子
她凹凸有致的身体
穿一套宽松的睡衣

2017 年 7 月 27 日星期四，首都机场飞往香港的航班

向北，向北

向北
向北
我们相约，一起去找北
不理睬沿途热情的大豆、高粱
苜蓿草

遇到彩虹
请停一停
我刚刚迷失在身材修长的白桦林
现在需要在蓝天下、阳光里
缓一缓

然后，继续一路向北
向北
没什么南风能拉回我
也没什么北风，能阻拦
我要和你们浩浩荡荡，一直向北
去额尔古纳河、黑龙江
右岸

2017 年 8 月 1 日星期二，黑河

谢　意

群山给予的盛情
我收下了
白桦林送来一片片干净的天空
片片天空里，片片晚霞
我也要带走
这一切短暂的，都是美好的
大小兴安岭的兄弟姐妹
你们也是美好的

每一个城市，都有一个车站
每一个车站，都有别离
那些错过的
就错过吧
当作下次相聚的缘起

星月是我们留在天上的菩提
是夕阳惜别
最善良友好的祝愿，和
真诚谢意

2017 年 8 月 6 日星期日，佳木斯

操　心

百年之后，我们人类
都得兵分两路
一路升天，上天堂
一路入土，下地狱

天堂好说，可是
那些在地狱工作的官员，比如
阎王、判官
他们到底是有罪，还是带功，被派驻
有没有艰苦地区
的补助

2017 年 8 月 11 日星期五，上海

台 风

你走后，除了满地狼藉
什么也没留下
但人生总不能永远风和日丽
你卷起黑云、海浪
瓢泼大雨
推翻树，急切地拍打门窗

其实我知道，爱
也可以和你一起疯狂

2017 年 8 月 12 日星期六，上海

城 墙

我是因为爱你
才建一座城
才把城墙砌得高高，坚固无比
在为数不多的几个出口
派重兵把守

其实我这么费尽心思
不是为了抵御
是不想出去

2017 年 8 月 16 日星期三，上海至泰州高速

厚　度

一个栖身之所，到底需要多大
高一米七，宽一米见方
对我的肉身而言，应该够了
但是不行啊
我还要从卧室，到客厅
也还要从客厅，到厨房，到阳台看风景

我还要一个门、一条高速、一条航线
一条林荫小道
我醒来之后，需要奔跑，需要飞翔
需要散散心

我也还需要整个海洋、整个天空
用来装在心里
实在不行，至少
请给我两个人的宽度，或者
厚度

2017 年 8 月 16 日星期三，上海至泰州高速

逆风而起

我和秋天从来都不很遥远
要重生，就得先落叶
断流都是暂时的
总有一处洼地
能让春天生长
给夏天的洪水让路

我有和夜空一样广阔的心愿
星星只是偶尔闪烁的欲望
我总在太阳的位置
你是我的月亮
静，才是我对你终极的喜爱
夜色美好

只要不是从你身边吹来的风
无论从哪个方向来，去往哪里
都带不走我
我多半会逆风而起
孤独而行

2017 年 8 月 16 日星期三，上海至泰州高速

当 真

秋天，你传的香，也是会飞的
何况那些五光十色的叶
所以，所有关于你的，我都不留
也留不住
我只是九寨那片海
你给什么颜色，我就穿什么外衣
你走不走，我还是那泓水
无色无味
谁都能看到，我在湖底
为你长的草

那些干涸的花瓣，和游走山间的磷火
都重归不了枝头
回不到人间
只是，你春天扬起的尘
我当了真

2017 年 8 月 24 日星期四，北京

所有的果实，还都是在花的位置

秋要那么鲜艳
满山的红叶，并非不舍
而是为了让断舍离
有些仪式感
走得庄重一点

既然不在天空闪烁
是不是记忆中的那道流星，已经不重要
感谢黑夜收去了所有的光
让我们看清了星星和月亮
萤火虫，还是那么可爱

没人会喜欢空瘪的稻谷
干涸的河
苹果、柿子、桃，还是要丰满一点
幸福和甜美，才会洋溢出来

为了收获，我们接受了花谢
无论时光过去多久
春走多远
其实所有的果实
还都是在花的位置

2017 年 8 月 24 日星期四，北京

波澜不惊

喜欢阳光像一根根针，刺痛我
因为夜晚有太多不着边际的星星
我需要清醒，需要痛楚时时刻刻提醒自己
锥刺股，现实就是现实的存在

一块睡着的冰，没什么了不起
一时沸腾，也没什么不得了
我就是要做一个湖
水涨，水落，都是一个平面
一副波澜不惊的模样
有温泉，也只是在游人看不到的湖底

我喜欢的人，她只能是在岸上
或者，脱去华丽的外衣
扑进湖怀里

2017 年 8 月 25 日星期五，北京

春天的窗户纸

我就是喜欢江南
春天来的，走的每一个脚步
都能亲耳听见，亲眼看见
高兴了，还可以和她一起疯
去草籽田里打滚
油菜地里抓特务，捉迷藏

那些池塘里一点点长起来的水葫芦
很快就绿成一片，开紫色小花
看着就很舒心
后山的竹林，从来都是轻声细语
反倒是那些鸟
会有些嘈杂

春风和春雨，她们每年总是轻轻来
又轻轻走
轻轻捅破那扇古老的
窗户纸

2017 年 8 月 26 日星期六，北京

秋　天

感觉就像秋天
对夏的热爱
一夜之间，纷纷扬扬就落了一地
真不需要白云的高度
荒原就是我的斯卡布罗集市
欧芹，鼠尾草，迷迭香
白露为霜
我喜欢的，都在这里
落日给大地的念想，我也都有

每翻过一座山，路过一片牧场，或者田园
看到那些风情万种的胡杨林
心里就越来越不踏实
好想停下来
把那些鹅卵石，一个一个
扔回河里

我想另起一行，空两格
写一段不长不短的文字
不用来纪念，不用来忘却
送给那些落叶的小女贞、开花的紫苏
蝴蝶不会在它们身上停留
秋天也不会

2017 年 8 月 26 日星期六，北京

七夕公告

织女，本名张氏
英文名，Weaver
出身神话，居银河右岸
司掌丝制、巧手、云雾、彩霞
夫牛郎，龚季
大约，也许，可能，出生于公元前 900 年
现年 2917 岁
原重庆江津四面山双凤镇人士
居银河左岸，以种天为生
儿女双全
经查，未正式领证
但有树为媒，土地公公作证
属事实婚姻
夫妻二人，名下无房，无存款
两地分居，两袖清风
全靠一年一度，喜鹊搭桥

鉴于牛郎名字，已被网络玩坏
建议改名牛哥
织女还好，还有些乡土气息，村姑模样
可继续沿用

今日七夕，请大家早睡
严禁偷窥、滋扰

违者法办

特此公告

2017 年 8 月 28 日星期一，北京

秋意未浓

趁秋意未浓
叶还绿
我想和你，在夏天的余热里
再走走

这条路，用不了多久
就会铺满金色落叶，和摔碎的阳光
安恬，静谧，有草木的体香
我知道你，喜欢在林荫下漫步
而我更喜欢，和煦的风，从你身边来
又从我身边
离开

2017 年 8 月 29 日星期二，北京

秋日可爱

从今天起
春夏怎么给脱去的衣服
还得怎么一件件
穿回来
虽然街上树木，开始卸却盛装

街道要从一种性感
走到另类风情
从环肥，到燕瘦
从春日可爱，夏日可爱，到秋日可爱
冬日可爱

2017 年 8 月 30 日星期三，北京

圣 洁

今夜，我守着整个月亮
和你共享，半壁江山
秋风比任何时候都来得细长
河流缓慢

这时候的月光，照着山林
溪水，照着无人的路面
和佛在的庙宇
都是一样的，圣洁，空灵

我怕自己显得轻浮
走到哪，都随身带着钉子
只要看到，美，与好
都会拿出一颗，把自己的影子
钉在地上

2017 年 9 月 1 日星期五，北京

朵朵不败

今天，我要写一首诗
犒劳自己，和
这个日益成熟的秋天
满原的落花和落叶
都在心里

夏天的洪水退去
葳蕤青草，就占领了它的位置
白鹭从远方归来
我因此依然拥有，充实的河流
生命不息

天空展开巨幅画卷
给我蓝天白云
星月璀璨，飞鸟自由
阳光与月光交替
照亮前程

或许，田野还会荒芜
树木披霜
请相信我幸福的笑脸
是心底开出的鲜花
朵朵不败

2017 年 9 月 4 日（农历七月十四）星期一，北京

长安，西安

秋风起，过秦岭，进长安
出玉门关，走丝绸之路
这一线，它应该还有些故人
抑或千年不倒又千年不腐的胡杨
墓碑指路

我随我喜欢的九月，进城
西安今日细雨蒙蒙
还有些春天模样
枫叶未红，长安未老

趁钟楼的晨钟之后，暮鼓之前
去逛逛这里的大街小巷
以诗人的身份、眼光
关注那些古老的墙根、陵墓、庙宇和拴马桩
寻寻镐京遗韵，盛唐风采

馋了，就随便拐进一家小门面
来一份羊肉泡馍，或 biangbiang 面
听热情的店主
哼哼秦腔、信天游
聊市侩的话题

明年，我要随春，再来一次

做一朵花
开在这里的早上，晚上
在树上结果
在心上结菩提

2017 年 9 月 9 日星期六，西安

莫斯科郊外的月光

我在红场，遇到了风雨
它们毫无顾忌，鸽子一样自由
但最终都会和我会合
沿伏尔加河，开启崭新旅程

一株九月的克里姆林宫三叶草
可以满足三个愿望
真爱，名誉，和健康
我把真爱，用在普希金故居
给诗歌和远方，以翅膀
把名誉，放在卓娅和舒拉姐弟墓前
庆幸无数人为之献身的家园
还有他们一席之地

我要把健康，送给卡罗明斯克庄园古老的橡树
因为无论多么贫穷
它们都没有离开眷恋的故土
年年春来发芽，夏去落叶
从未畏惧冰霜
不羡慕万能的主
永远生活在温暖华丽的教堂

今夜，我住在莫斯科郊外

神也沐浴月光

2017 年 9 月 16 日星期六，莫斯科

你好，伏尔加河

在游轮蓝色的甲板上
我向每一个遇到的人，问好
向每一个侧身而过的游客，说谢谢
对那些我们彼此都不相识的乌云和海鸥
在心里，道早安

我把微笑送给两岸的风景
无论落叶白杨，还是仍在顽强生长的草
对每一座船闸和桥梁，心存感激
滔滔的伏尔加河水，一路向北
泛着琥珀的光泽
天空飘来的每一滴雨点，它都欣然接受
纳入怀中

我喜欢这船上每一种头发
金色，黑色，花白色
钟爱每一类身材和笑脸、和蔼的目光
阳光一定会冲破重重晨雾照进船舱
照亮森林中彩色的小木屋
此刻的我，绝不是伏尔加河苦难的纤夫
是他们沉重而又欢快的辽阔土地上
热爱自己祖国的游子

2017 年 9 月 18 日星期一，伏尔加河游轮，俄罗斯

花楸树

我有些辨不清方向
伏尔加河，你蜿蜒流经的山、岛屿、起伏的森林
我离船所走的小径、草甸
清澈的溪流
都属于你
属于你广袤胸怀孕育的多彩生命
那些阳光下的牧舍、亭亭白桦
林荫中的磨坊、粮仓
所有的宁静与美好，让我迷失
不得不都爱，倾情而出

那些高高在上的教堂尖顶，和
满地落叶、一湖湖秋水
都让我表存敬意
其实内心早已投降
河水一样柔软

莽莽原野，花楸树结满红色的果实
绿草依然如茵
原来在这里，秋风也似春风
在我熟悉又陌生的异乡梦里
一遍遍开花
白如月光

2017 年 9 月 20 日星期三，伏尔加河游轮，俄罗斯

红颜如初

将军，你钟情的长发及腰
和伏尔加河的秋色，在一天天变老
你还等吗
这些天我到过的每一个村庄
进过的每一间屋子
都没有找到你心仪的喀秋莎
我只是随缓缓的河水，欣赏到了
秋的
慢风景

乌格利奇，格里茨，基日岛
这些名字，如果不是因为这次旅行
我都没听说过
但这里的教堂，修道院，白湖的鱼，德曼罗基绿色客栈
依旧在年年老去
只有院子里古老的橡树
有机会在春天重生
在夏天之后再度
成熟

斯维尔斯特洛伊的湖光山色
留不住身边的红叶
白桦的每一道伤痕
都是冬天的路标

大雪从来不会在这里迷路，也不会迟到
它会在每一座木屋前，和劈柴
驻足整整一个冬季

将军，美丽高挑的白杨
已金发及腰
你还等什么，就和我上船
一起到圣彼得堡，那时的列宁格勒
只要你归来，她仍是少女
和花楸树一样
红颜如初

2017 年 9 月 21 日星期四，伏尔加河游轮，俄罗斯

圣彼得堡的红叶

我爱遥远的红叶
翻山越岭都不够
要飞，要坐游轮，要冒雨赶路
我因此有了各种各样好看的叶子
和诗句
可以送给你

秋风把心事一件件吹落在涅瓦河畔
星光点点，其实都不是杂乱无章
伏尔加河给了我充足的时间
内心得以和那里的森林为伍
云朵一样悠闲
山花一样想你

2017 年 9 月 24 日星期日，圣彼得堡机场，俄罗斯

可可西里的露珠

昨夜，我独自蜷缩在宾馆的大床上
隐约听到了窗外的雨声
于是我和这里新开的桂花一样
开始失眠

一滴唐古拉山下可可西里草原上的露珠
不知要走多久
才能来到芳草萋萋的鹦鹉洲
和我相会

我确认还是爱你的
虽然到这里你更加宽广、浩荡而又粗心
但在我心里，还是你长发如瀑
柔情似潭的模样

游轮游弋在辽阔的江面
清风掠过柳梢
你静若星辰
夜色一样优美

2017 年 9 月 27 日星期三，武汉

那时我刚认识北京，并爱上她

秋风起的时候
我都守在这里，不敢离开
城里和城外的风景，都换上了彩妆
在我眼前，一天天成熟、性感
妩媚动人

她虽然已凤冠霞帔
但还是不肯嫁我
急得我的心脏，变成打苞的荷蕖
一片片满怀希望张开，又一瓣瓣垂头丧气凋零
朔风送走落英

她每年都这样，已伤害我很多年
那时我刚认识北京
并爱上她

2017 年 10 月 16 日星期一，北京

春天的行踪

她走，不曾许下诺言
作为一片身轻如风的叶
它也承载不下
她应该只是临时借了桂花的身子
偷偷回来看看

她在高处最后一丝念想
都被吹到了地上
秋风像一个采花大盗
连叶子也没有放过
如今它要开溜了
只留下伤心的枝丫

阳光还是阳光，但高潮已经过去
和幽怨的潭水一样冷淡
春越来越远，也越来越近
离她来，还需要一些时间
日子会过得更加寒心
所以我不得不和门前的老树
一起坚强

为了一年一年地等她
我准备了一个漫长的人生

2017 年 10 月 19 日星期四，广东顺德

安静得像岸边的芦花

我像潮水一样退去
给你让出沙滩、鹅卵石、暗礁
让出心房
你不用再担心我
我们拥有过的椰影，它还会陪你
连沙粒都不会带走
追随而来的贝壳，喜欢的你拿回去
里面有我的声音
不喜欢的就扔回大海
我在那里呼吸

你想我就告诉月亮
我一定还会回来
安静得像岸边的芦花

2017 年 10 月 25 日星期三，北京

青石板

潜入深秋，木槿花从来不寂寞
孤独的都是我们人类，心有篱笆
它们静默，彼此不说话
优雅地开放，靠自己的体香
来传递爱情

柿树日日夜夜，张灯结彩
期待在初雪之前，和蜂鸟有一场艳遇
白云依偎山峰，才不显得轻浮
所有的潮汐，都是在赶路
它们心里有诗，脚下有远方

我们走过的青石板
都不会留下足迹
但它们都会为我们发光
喝彩

2017 年 10 月 26 日星期四，北京

宛如棉花

那些屈指不太好数的日子，宛如棉花
泥泞，山地，异国他乡
都如棉铃未开，靠坚强的外壳
来抵御风尘，锤炼内心
它有人间四月
七月流火，也是成长的季节

在金色的原野，它不输于任何果树
不羡嫉葡萄有强大的支撑
它有竹子般的气节、韭菜一样的欲望
比春笋更有朝气
颗颗棉桃，心心向阳

它开得纯净、白皙，和舒适
柔软得像丰满的乳房
轻若云朵

2017 年 11 月 5 日星期日，北京

小北风，大概是想念江南了

冬天将立
秋，要关闭所有的花
让蜜蜂静默，蝴蝶冬眠
那些醒着的，都在说冬天的坏话
包括树上的麻雀、街边的流浪猫
山峰喜欢目送天边的云朵
放心情到一个明亮的远方，不受炊烟的影响
左右摇摆

红与黄，是叶子穷其一生所想要做出的改变
绿不是它一辈子的心甘情愿
阳光雨露也勉强不了它
小北风，大概是想念江南了
它不惜从很遥远的北方，翻山越岭
一路南下
笑意写在雪花上

2017 年 11 月 7 日星期二，立冬，北京

相 见

冬天新来，趁阳光还暖，蓝天还展笑容
送它一首诗
告诉它我对春天的热爱
与它无关，它依然可以保持湖中的冷艳
山头披雪，树上挂冰凌

月亮看松柏孤独的背影
又添了一岁苍老的痕迹
春天曾送我那么多花
到现在才醒悟，她对我的真感情
橱窗的模特又站了三季
衣更数巡
满山的杜鹃伤心得太久
我期待和她相见

2017 年 11 月 10 日星期五，北京

请记得秋天的好

余生不多，下辈子应该不会再见了
你是那么好，一定会有很多人去爱你
我可能只是其中之一
真没有信心可以追到你

今生你对我再好
再见时我也不会记得你
终会因那一碗孟婆汤
彼此相忘

请记得秋天的好
多看一眼每片为我们落下的叶子
无论它给了什么颜色
受过怎样的磨难

2017 年 11 月 14 日星期二，上海

请再记得秋天的好

余生恨短，希望下辈子还会遇见你
你是那么好，一定会有很多人去爱你
我可能只是其中之一
你要关注我，让我可以追到你

今生你对我这么好
再见时你一定要记得我
我也一定不会喝那碗孟婆汤
彼此不相忘

请再记得秋天的好
多看一眼每片为我们落下的叶子
无论它给了什么颜色
受过怎样的磨难

2017 年 11 月 14 日星期二，上海

写给鹿城的诗

我想要写一首诗，写给鹿城
写给瓯江水、雁荡云
写给天边的白鸽
写给霞光冲破乌云，天使降临
惊艳，照亮我的眼、我的夜、我的早晨
照亮温州瓯海林村这条细雨蒙蒙的街道

我离开的时候
不会和你说再见
不会用英语说 So long，不会用日语
说沙扬娜拉
我只会给你微笑
带走一片云，和云上的雨

所有美好的时光都很短
所有未来的路都很长
只要春天有约，每一个冬天
都很值
我会思念那些香樟树
爱那些舒展的枝丫，像一个个温暖的怀抱
它根根相连，指指相扣
一天天守候在路边，还是青春模样
散发着春天的香气

就像春风喜欢花

我喜欢你

2017 年 11 月 22 日星期三，北京

雁荡山

你这么忽视我对你的爱情
让我很伤心
云朵这么厚重，风这么凉
我错过了和你的初恋，热恋
那道黄昏的色彩，也迟迟不来
我只能和这里的石头
孤单地站在雁荡的山顶
任大龙湫的瀑布，你美丽的长发
一泻而下

那些枫叶、柿子、冲出豆荚的相思
都有相同的颜色，让我思念你
不忍见情侣峰，年复一年，日复一日
保持那同一个姿势
我想上前把他俩抱下
放在柔软的草地
给他们一个温馨安恬的晚上
把山上山下的道路都封闭
游人清场
树叶停止喧哗
鸟，噤声

我坚信世间所有突如其来的爱情
都是缘

不是和你在这里相遇
就会在那里邂逅
逃无可逃

2017 年 11 月 22 日星期三，温州

香樟树

一别数日，远方的你还好吗
一想到此
窗外的北风就一阵紧似一阵
合欢树，有心疼的感觉
失去了花
就是失去了爱
除了春天，夏天
谁能捂手
谁可暖心

心里有一棵南国的香樟
高大而茂密
想把它送给你
你要任性就站到它肩膀
你要疲惫就蜷在它怀里

采云，摘月
数星星

2017 年 11 月 24 日星期五，杭州

雁荡山，情侣峰

难怪满山的秋色
都要送你一树豆荚
相思豆，都藏着和血液
同样的颜色
这是秋天之后，最温暖的爱情
雁荡山永恒的风景
神话，和传说

我会记得这些紧紧的拥抱
密不可分的目光
任山下的高铁和航班，一趟趟飞过
不离不弃
山溪脉脉，把清清的爱意
源源送出谷外
即使烈日，也不枯竭

我喜欢你身边的空气，清新而自然
就像爱随左右
寸步不离

2017 年 11 月 25 日星期六，北京

蜜桃汁

如果我和你相遇
一定会在行程之外，冥冥之中
我收拾了行李
带上诗，登上列车
再往远方

远方有喜欢的风景
和高铁服务员的问题：
你要喝蜜桃汁
还是矿泉水

我尚未抉择
窗外掠过的秋色
从南到北
又浓了数里

2017 年 11 月 27 日星期一，上海到北京高铁

暮 色

我看着夕阳的脸
一点一点，变成秋色
我和丛林一起
慢慢都被感染
塑成金身

北风只能夺走地表的温度
熄灭不了地心的熔岩
河流无论流经哪里
都是敏感之地、众矢之的
芳草择水而居
白鹭也如此

我爱着暮色的大地
有着黎明一样的风情
遥望五彩的天际
那抹淡淡的云
是你脸上的红晕
我心底的波浪

2017 年 11 月 27 日星期一，北京

空 虚

窗外刮风了
我正好有些空虚
于是打开窗
舒展双臂
看看风，能不能把它填满了

今夜的云，不知道被刮到哪去了
我还想问问
星星会不会想念它

2017 年 11 月 29 日星期三，北京

思　念

这时候，可以来场雪
或者，乌鸦飞到面前
叫一会
我心里的疼痛
也许能够缓解一下

要是有只猫
能到我身边蹭蹭
就更好了

2017 年 11 月 30 日星期四，北京

珞珈山的早晨

我和这里的夕阳一样
迟迟不肯下山
宁愿每天被林中的鸟群，一声声唤醒
黎明被朝霞点燃

我喜欢珞珈山每个这样的早晨
宛如东湖薄雾、琉璃瓦的光
诗情画意，扑面而来
即使毛毛细雨，路边金色的枫叶
也给了我不熄的阳光
明媚而不忧伤

我像一个远行的孩子
又回到母亲温暖的怀抱
幸福就像墙角的一片叶子
安静而又满足

2017 年 12 月 3 日星期日，武大珞珈山庄

今日，宜祈福

今日，宜迁徙，宜入宅
宜赴任，宜订盟
忌治病，忌作灶
从一座山，到一座山
从一个隧道，到一个隧道
平原只是暂时的
窗外的天空，随山峦
忽上忽下，忽明忽暗

这样的动作，重复很多次
就像列车奔向这个城市
也有忐忑的心情
如果把山峦串起来
这是一条好大的项链
天然，随形，从未雕琢
散发着翡翠的光彩

青山从未老过
老去的只是山冲的稻田，田埂上的草
一岁，一枯荣
从北到南，沿途有三景
冬，秋，春
夏天远行在赤道
印尼、刚果、马尔代夫

我奔春天而来
鹏城，22 摄氏度

今日，宜纳采
宜祈福，宜安床

2017 年 12 月 6 日星期三，武汉到深圳高铁

紫荆花

有多少人和事，擦肩而过
在这人头攒动的街道
风去风来，都无法留下永久的痕迹
都会被人流湮没，江河带走
这里的青苔，并不会因为阴雨
而萎靡，它默默生长
不占用多少阳光
那些看似无关紧要的种子
会暗地里长出更粗壮的蔓藤
深深植根在土里
和芙蓉，依依不舍

月亮高冷，但从不给地球背影
只要转发，都是太阳光彩、正能量
没人会多此一举，去给爱
安上人造翅膀
让它轻，让它韧，让它自由
让它飞更高，和更远

大海总是默默守护
不会轻易让风暴夺去礁石和椰林的幸福
也不忍紫荆花，看见落雪
异木棉默默坚守着冬天的花季
从不和春天争艳

我来到这里
就是要给思想换一个坚强的名字
来掩盖它柔软的内心

2017 年 12 月 7 日星期四，深圳

温暖的南方

这个季节，只有在遥远的南方
才能看到春的样子
那些永不脱衣的香樟
像极了江南外表温婉，内心坚贞不屈的女子
或浣纱，或出塞
或替父从军

我身边的风，都是隐形的天使
高山和树木，都无法阻挡
她掠过我，又穿过大街小巷
柔软的身体
有合欢的味道，榕树的葱茏
阳光一如既往地骄傲与温暖
不忽略匆忙的车流和人群

最美的不可方物，是蔷薇未开
夕雾草也有灿烂的笑容
红豆从来不会流浪在街道
要么寂寞深山
要么就被珍藏
我喜欢这座城，是因为春依然在
她一年四季
都有美丽容颜

2017 年 12 月 8 日星期五，深圳

青　稞

羊卓雍措，这湖泊蓝
与我心底的海、天空、绸缎、宝石
同款，同色
没有人会忍心去打扰
除了在这半山之上
静静打坐
双手合十，心中默念
唵嘛呢叭咪吽

我不是这高原虔诚的信徒，甚至
连常客都不是
在这里，没有我的玛吉阿米
卓玛也不是我的情人
她只是我梦里骑着群山飞跑的火辣姑娘
飘着长发，唱着情歌

不过，卓玛
我喜欢你脸上的高原红
你家成群的牦牛、到处乱跑的藏香猪
还有雪山溪流流经的转经筒、玛尼堆
如果你要去纳木错、雅拉香波
请戴上你祖传的砗磲、蜜蜡、珊瑚、银镯子
把我也装进贴身的布囊

我是你那晚
亲手炒熟的青稞

2017 年 12 月 11 日星期一，北京

让冬天，忘记春天

我不得不下狠心
才能忘记你
让花谢
让叶红
让果实落下
让燎原的青草枯黄
让千山卸妆，万水断流
清除你所有记忆
即使赤身裸体，也无惧寒潮

我还得板起面孔
让山峰披雪
大地冰封
屋檐挂满霜凌
堵住每一扇门，每一条缝
不让青苔有任何机会和思念一起
在角落
蔓延

2017 年 12 月 13 日星期三，北京

掌心痣

我有人间四月
你也有
夜来风雨，阻止不了芳草萋萋
江河弥漫
阻止不了这一冬，春天孕育的所有念想
都会开得很优美

春风来的时候，你在
我也会在
幸福就是桑上蚕，荫下知了
是睡在花心的小水珠
阳光住在水心里

那时春天美丽如你，山河清秀
梧桐树下
你有肆意盛开的花朵
我有掌心痣
惠风和畅

2017 年 12 月 20 日星期三，北京

冬 至

冬至，别名数九、亚岁
宜享祀先祖，官放关扑
吃水饺，下汤圆，喝羊汤
大汉放假五天
大唐休七日

冬至分三候，一候分五昼夜
一候蚯蚓结，阴气重
二候麋角解，阳气生
三候水泉动，冰雪融

冬至，太阳到达黄经270度
从此白天一天比一天长
夜晚一天天短
它前有小雪、大雪
后有小寒、大寒

春天总在大寒后
从未改变

2017年12月22日星期五，冬至，北京

香 江

我知道那个地方
香江，灯光闪烁的两岸
繁星密布的楼群
有无数爱情
开在紫荆花丛

旺角、湾仔、铜锣湾
在这里，要满足彼岸花对水的所有幻想
只有春风拂柳
对湖梳妆
一朵、两朵、三朵
三角梅是不好看的
要满树、满街
笑在熙熙攘攘的人流之中
才能让这个阳光明媚的城市
充满激情，与
火一样的渴望

我要找一个人，结伴
去大屿山，面朝大海
看维多利亚港湾的鸥鸟
自由翻飞
喜欢清风宛如诗歌，徐徐习来

掠过你我

2017 年 12 月 23 日星期六，北京

日落草原

有时候我也需要黑暗
不用来睡觉
借月亮的光
或者一双星
偷偷看你

我真不是贪图你的美色
只是想看日落后你眼里的草原，和
心里的诗
有没有我

2017 年 12 月 25 日星期一，上海

宿 雾

我喜欢这个名字
很诗意，还有些期待
充满幻想
这幻想之墙，可以刷成金色
灰色、黄色
粉红色
到了以后，这些画面
又被蓝、绿、白
所充实

它们分别代表蓝天大海
椰林灌木，和
云朵沙滩
我也成了变色龙
每到一个地方，就换成那里的颜色
连那点心思
也不例外

如果我想你，请原谅
你收到的信息
也应该是彩色的
因为它不停地告诉你，薄荷岛上的夕雾草
正开得

眼花缭乱

2017 年 12 月 27 日星期三，宿雾，菲律宾

SPA

音乐，从头顶，百会穴
涌入
从足底，涌泉穴
流出
清风掠过纱幔，纱幔和我一样
轻巧，飘逸
我感觉这里的阳光和空气
都在帮我翻新
脱胎换骨

我有些担心
要是这样在大自然里睡去
一旦醒来
会不会像春风吹来
万物都开始返老还童

你会不会认不得我

2017 年 12 月 28 日星期四，薄荷岛，菲律宾

山花泛滥

我不太习惯海上的航行
那些起伏的波涛
太容易让我达到高峰，又
跌入
低谷

一棵树，到底什么是它的脊柱
让它这么粗壮，风雨不倒
还直插云心
那些海浪，又靠什么支撑
不知疲倦
一浪，接一浪
向岸扑来

天边那些云朵，一副天真烂漫的模样
洁白无瑕
为什么它们可以总那么优雅
还高高在上
其实我更喜欢天使降落凡尘
雨打芭蕉
山花泛滥

2017 年 12 月 28 日星期四，薄荷岛，菲律宾

比野花，还野

来吧，春风，你吹气如兰
等你来撩拨
勾引我
把柳絮吐在我身上
我就开了
我会开得比草原还辽阔
比山峦还丰满
比野花
还野

我是你心上的一匹烈马
陪你跑四方
不能停下来
停下来我就心软了
落地成泉，泉水盈盈
或者，化作柳芽上的月色
月光
如水

2017 年 12 月 29 日星期五，宿雾薄荷岛巧克力山，菲律宾

若有，若无

除了缠绵
夜幕，和夕阳
在山腰，也彼此依靠
它们也偶尔谈诗歌，不谈性
说白天的轶事，和
夜晚的星光
燕语呢喃
不厌其烦

要怎样的夜晚，才是最浪漫的
把山茶花瓣，撒满安静的湖面
还是让花蕾一点点丰满，宛如处子？
或者，一定要用吹弹可破的黎明
来迫使杨柳再一次低头
心怀颤抖
沉醉其中？

这天，天空盛满蓝色的爱情
白云深陷其中，却又无法沉沦
它飘浮在半空
滑如凝脂
若有，若无
若无，若有

2017 年 12 月 29 日星期五，宿雾，菲律宾

放肆飞

已离境菲律宾
又未归祖国
我悄悄在马尼拉机场
占据了一个好位置
一边充电，一遍写诗
旁边有人，但看不到我手机屏幕
我得以放肆
让心情和思想，和跑道上空的白云
自由飞

2017 年 12 月 30 日星期六，马尼拉国际机场，菲律宾

2018 年度

每到夜晚，近处，和远处的灯
像极那些花
牡丹，玫瑰，茉莉，满天星
鳞次栉比，竞相开放
闭上眼睛就能闻到各种香
一粒一粒
在春天醒来

——2018.2.28《我有一扇温暖的窗户》

新 年

无需隆重，但也要有个仪式
选一副红色的楹联，欢欢喜喜
把它，迎进来
或者，关上门，落锁
向每一个关心你的人，问好
向邻居，道别
用背包装上他们的祝福
带上好心情
轻松出发

喜欢温暖，向南
喜欢冰雪，往北
喜欢一个人
就趁机，漫山遍野去找她
和她租一所房子，屋前屋后
撒满相思豆，种下勿忘草
拴上同心结
马头系上红缨
风铃发出好听的声音

在这新的一年，我祝愿
你遇见的每一只鸟儿
都嗓音甜美
每一朵花

都容貌姣好
你呼吸到的每一口空气
看到的每一个景色
都清新而自然
连落到你窗前的雨水
也幸福流畅
一帆风顺

2018 年 1 月 1 日星期一，上海

春天先抵达燕山

我希望春天先抵达燕山
燕山会飞起一群飞鸟
飞鸟飞入皇城
屋檐上下
都是春的使者
爱的呢喃

我不会让春风来撩我
撩我也无济于事
它喜欢，就让它去试试那满坡的葵花
它们正值壮年
满怀性欲
或者，去轻拂垂柳
它们清纯的样子
谁也不会有非分之想

我那些要破土的念头
都埋在心底，关紧门
钥匙交给你
你不来
我绝不让它们
有春天

2018 年 1 月 9 日星期二，北京

很 多

这一生，过了很多了
幸福的往事
有很多

那时候的夏夜
星星很多
萤火虫很多
蚊子，也很多
我躺在竹床上
半梦，半醒
爷爷讲着故事
奶奶在身边
摇一把大蒲扇
扇风
赶蚊子

这样的夏天
有很多
幸福，有很多

2018 年 1 月 17 日星期三，东京

画　家

你如此高清地站在我面前
除了温暖
唇，在唇上
留不下印记
雨点，也没能从你睫毛
落下
星星还在黑湖里
那是夜晚
最喜欢的眼睛

你转过身
留给冬天长长的背影
长腿，细腰，圆润的肩
长发飘逸
轻快得像舒展的翅膀
渐行
渐远
我首先失去的是你的香气
然后才是身体

云把它的白
写在天蓝色的信笺上
晚霞远没有你艳丽
太俗

没有什么名画家
能描绘你
除了我

其实我也只是在心里
画你的肖像
一遍，一遍
永远也不会完成

2018 年 1 月 17 日星期三，东京

今夜，我要继续耐住寂寞

今夜，我要继续耐住寂寞
田町的街道，刚下完了雨
雨水很快，就进了运河
我拄一把伞
认真地看每一个店前的招牌
忽略那些路过的女人
她们各式各样
清纯，优雅

那些似是而非的汉字
拉面、乌冬、刺身
让我拿不定主意
脑子里还是湘菜、川菜、广东菜
祖国的味道
电车一趟一趟从不远处快速驶过
咣当，咣当
震落我手上，一个钢镚
它心中有洞
五十日元

2018 年 1 月 18 日星期四，东京

又见东京

这是我最低调的睡眠
低到和尘埃
只一层榻榻米的距离
麻布，新桥，大森海岸
周围都未改变
有栖川的灯芯草
它依旧年年开花
有芦苇的清香

我乘都营地下铁、新干线、山手线、京滨东北线
轻松出行，无需案内
邂逅一位朋友，约见一个同事
久别重逢，热情如初
他们亲切的笑容，和窗外繁华的灯光
一闪一闪，提示我
这里曾有
我们的芳华

2018 年 1 月 17 日星期三，东京

浣 诗

那年我去诸暨
到西施浣纱的水边
浣诗
鱼没沉下去
诗
沉下去了

2018 年 1 月 26 日星期五，辽宁盘锦

两辆火车

我去看你
我坐着一辆火车
心里还跑着一趟

2018 年 1 月 26 日星期五，辽宁盘锦

进不到一朵雪花心里

那些春天的决心，都隐藏在树上
不停地分岔，分岔
直到分成叶子
在秋天
都有结果

南山的竹子总以高傲的外表
来掩盖内心的空虚
它努力地打开每一个心结
当成剑的模样

但它始终击不倒一朵雪花
进入她的心里

2018 年 1 月 27 日星期六，辽宁盘锦

香，港

九龙，这里灯光清浅
窗帘之外，忽略铜锣湾来的那些风
心里就很平静
维多利亚那片海
浪来，浪去
其实都很善良，纯净
也并没有想象的
那么浪

皇冠假日的床单，在灯下
泛着温暖的象牙白
疑似月光，嫦娥的肤色
这个世间，已经没有王子
如果春在，就是宫殿
就有金碧辉煌
满世界的花
都会开在这里
香，港

2018 年 1 月 29 日星期一，香港

星星都幸福得睁不开眼睛

这一刻，阳光终于可以放下架子
徐徐落下夜幕
心甘情愿，选择臣服
在山峰之后
在芳草甸
蓬门荜户前

那些欢欢喜喜的白云
都镶上了金色蕾丝花边
春天提前敞开了她的盘丝洞，玫瑰花瓣
放出了蜘蛛精
溪水盈盈

每个人心里，都有一条鱼
它渴望放生，有鹰一样的自由
含羞草会迅速合拢她娇嫩的叶子
一片片，抱紧它
不松手

星星都幸福得睁不开眼睛
那一轮月牙，宛如朱唇微启
薄雾轻纱，燕语莺莺
这一切景象，已不是春天模样
奇花异草

胜却春天

2018 年 1 月 29 日星期一，香港

家在南国

心有所属
家在南国
南国的片片土地
都很熟悉
它长什么苗
开什么花，结什么果
爱情在几成熟
需要摘下

荷叶田田
是我最喜欢的最团圆的叶子
它们紧密相连
又错落有致
河上落叶
都不能随波走很久
久了，就会沉下去
沉到水心里

就像我对南国的感情
行走的白云
远没有起伏的红土地深沉
也没有涓涓溪水，纯净
何况，那高大茂密的森林
还藏着

木棉一样的柔肠

2018 年 1 月 30 日星期二，香港

江　南

我对江南的欢喜，高过今晚的红月亮
高过稻穗的饱满
高过一种轻，离开肉体
高过花，偷偷张开她的蕊
吐出芳华

我要为她写首诗
让她开心，心里开满映山红
让她一袭绿色长裙，和乳燕共舞
面带桃花
让满天星星，看得心动
坠落凡尘

2018 年 1 月 31 日星期三，武汉

珞珈山，我那么想你

珞珈山，我那么想你
想得梅花开，樱顶积雪
想得枫叶迟迟不肯落下，金桂飘香
想得山脚的路，越往深处，越蜿蜒
想得春天无花也有果
想得东湖心上起雾，它不停地爬升，爬升
爬到云上
想得清风化雨
江河泛滥

想得根，越来越纠结
想得叶子
都成心的形状

2018 年 2 月 1 日星期四，武汉

青 麦

天空会在某一天，应声而裂
这一切磨难终将过去，寒冷也会终结
春天从闪电里诞生
她天生会走路
不遗忘每个角落
花朵是从天而降的星辰
月落大漠，它转身绿洲深处
一道泉
银河化江川
蓝天变作原上草
青草芃芃

我与青草为伍
长成青麦

2018 年 2 月 4 日星期日，立春，湖北麻城

远道而来

从今天起
南方和北方，不会再遥远
南下的，和北上的风，会握手言和
温度，也会一天天接近
就像我和你，相隔再遥远，也都是三十七度上下
偶尔也会因为爱，引起低烧
或者高烧
但这都不是常态
和风细雨，滋润大地

春从南方，远道而来
它带来新鲜的花，和娇嫩的秧苗
来者不拒，大地敞开宽厚温暖的胸怀
请不要介意
它和我们，都是喜新不厌旧的好人
露珠挂满草尖

2018 年 2 月 4 日星期日，立春，湖北麻城

春天着长衫

那晚，春天着绿色长衫
镶红花
露出白皙香肩
高山流下清澈的雪水
转经筒背诵着心经

我听到丛林，传来阳雀
轻轻的鼾声
她们盛大的演唱会
应该还在梦中

2018 年 2 月 14 日星期三，北京

三尺桃花

要让除夕
静下来
很难
即使深居简出
也挡不住那些信息和鞭炮
滴滴答答，噼里啪啦
一波波
袭来

要说，我还是期待的
如果少了任何一个
我还是会失落
幸福就会缺少一角
生活不完美

所以，那就热热闹闹地，都来吧
我悉数全收
一年就这么一次
忙乎，也就这一段
探亲，访友，报平安
即使相隔千山
万水也难不倒我们
春风会翻过每一道篱笆
走遍每一个院落

把这新春的祝福
送达你

我还欠春天，一首诗
和你
三尺桃花

2018 年 2 月 15 日星期四，除夕，北京

春天都是在诗里最先回来

在幸福的左岸、右岸
都开满了鲜花
长满青草
雨水给不了不息的河流
以丰满
河流给了雁阵，以家
它们路过的每一个驿站
都鱼虾成群
乌篷船，站在春天的光里

人间的每一个春天
都是在诗里最先回来
它自产爱情
也自带悲伤

2018 年 2 月 19 日星期一，雨水，沈阳

相约春天

你陪我去吧，这春光千里的桃花渡
还能容得下路边长出
荄荄草、婆婆丁、藿香
阳光盖在喜鹊的巢上，乌鸦也一起沐浴
这上天的光，人间雨露
瓜藤爬上秧架
去结出明年的种子
家雀不会飞很远
鱼和鱼，天天会在一起

落日沿江而来
我会在家乡那道堤坝下等你
那些浪花，都是送你的
你风姿绰约，
但我知道，你不会和这一江春水比丰满
乳燕喜欢的柳的裙摆
都被这温暖的春风
——掀起

2018 年 2 月 26 日星期一，北京

我有一扇温暖的窗户

我有一扇温暖的窗户
朝南
年年春雁迎面而来
那些新绿，也走同一个方向
走到北边很远
我没去过的地方

我已经习惯每天的阳光，从左边升起
右边落下
不希望它，从西边出来
万一时光倒流，穿越到一个陌生的地方
我的诗，给谁看

鸟从窗前飞来飞去
没人会担心它失去方向
它夜夜住在楼前的那棵大槐树上
还经常来我家露台玩耍
顺带寻些食物
物业从来不找它们收费
我也不收

那些风，和煦的，清新的
我会放进来
带尘的，带刀的，让人不寒而栗的

都让它止步
连雨水，我也让它顺墙而下
放归大海

每到夜晚，近处，和远处的灯
像极那些花
牡丹，玫瑰，茉莉，满天星
鳞次栉比，竞相开放
闭上眼睛就能闻到各种香
一粒一粒
在春天醒来

2018 年 2 月 28 日星期三，北京

聪明的花朵

把脑子里的痴，和傻
一一，拣出来
再往里
灌些风，灌些水
灌些风水
趁春天
发芽，抽穗
或者长出爬藤
开出一些聪明的花朵
再，结些
傻籽

2018 年 3 月 1 日星期四凌晨，北京

这里是长安，这里是西安

那些在浩瀚烟尘中倒下的千军万马
在今天，在这里
又一个个，威风凛凛
站了起来
长安，也站了起来

它站成一块碑，千古风流
无字
它站成一座塔，饱读经书
无语
它站成一座台
烽火戏诸侯
它站成一座山
骊山晚照

这里有最幸福的池子
沐浴一代美人
这里有最灵异的山水
孕育一代高僧
这里有老母殿，纪念女娲补天
这里有法门寺，供奉释迦牟尼舍利
这里有半坡遗址，是仰韶母系文化的象征
这里有曲江寒窑
宝钏等夫，苦守寒窑十八年

这里的青草，湮没无数的公主坟、太子墓

这里的秋风，送走李白、杜甫、白居易

这里的钟楼、鼓楼、碑林和城墙，年复一年，日复一日

迎接朝霞，送别夕阳

这里的回民街、兵谏亭，诉说着繁荣，和宁静

这里还有面花、皮影和泥塑

有秦腔、碗碗腔、信天游

它们赞美爱情

它们记录辉煌

它们讴歌历史

它们歌唱未来

它们在这里，凤凰涅槃

振翅高飞

这里，是丝绸之路的长安

这里，是一带一路的西安

2018 年 3 月 2 日星期五，北京

芳 华

武汉大学，珞珈山，这两个名字
任何一个
从来都不能提起
一提起，心就会暖化
樱顶就会绽放
漫天飞花

在我的心里，没有一条校园的路
不拥挤
没有一扇珞珈的窗，能关住
满园春色
春风年年都先走樱花大道
给它铺上樱花地毯
来欢迎归来的游子，和游客

那些身材高挑的银杏，和娇小玲珑的含笑
一枝枝
都鼓起了小胸脯，迫不及待
要向天空，炫耀青春
就像我们当年在这里
一个个
吐露芳华

2018 年 3 月 4 日星期日，北京

告诉春天，我睡了

你迟迟不来
没关系
我就让花园，再荒芜一会

拉上窗帘，放下诗
关灯
用这些约定的暗语
告诉门外的春天
我睡了

2018 年 3 月 9 日星期五，北京

衣　服

所有的花
都是赤裸裸的
只有我们
还穿着衣服

2018 年 3 月 9 日星期五，北京

退　回

有时候，真想退回一些人

和事，拒加群

拒闲聊

不看，也不公开朋友圈

退回微博

退回 QQ，退回手机

退回 BB 机

退回电信局收我的五千元电话初装费

退回到邮局用糨糊封缄，贴邮票

等到心焦

退回烽火，一骑红尘

退回山林

隐居

做一道从不入流的泉

无尘埃，无垢染

清澈

无伤痛

2018 年 3 月 12 日星期一，北京

爱不见底

春天融化的雪水
从高山而下
它住在它热爱的土地
可以离开
可以留下

离开，汇入江河
奔向海洋
不在乎路多长
爱多远

留下，把深谷蓄满
做一个深不可测的海子
看似清澈
爱不见底

2018 年 3 月 21 日星期三，北京

真正的祝福

儿子，我知道你行囊已经就绪
背包上肩
请再停一步，听老爸
一言

你喜欢的，就去做
做了就别回头
错了也别回头
换个方向
继续往前走
别人的经验，即使是我的
也比不了你自己摔一跤
曲折过后，就是坦途
一条直线
任你飞

阳光总在风雨后
那是骗人的
一帆风顺，一生平安
才是我们做父母的
对你
真正的祝福

2018 年 3 月 22 日星期四，北京

春天的小房间

你别再让乳燕，对我说情话
别让风，吹气如兰
我的湖面，已经不平静了
这些日子
柳，用她的长发
不停地
撩我
用她的新芽，轻轻
咬我
沉睡了一冬的藕
也噌噌往外
射箭

只有夜深如水
一声不响，搂着我
她知道
我喜欢你春天
那个小房间

2018 年 3 月 25 日星期日，武汉

珞珈之春

如果樱花凋谢
落英履地
你可能要承受一些落寞
潮汐会推出很远
花一季，果一季
枯黄
也一季

不过这些都是暂时的
春风会消融琉璃瓦所有的积怨
残雪都不会长久
良田不会荒芜
草地长出乳牙
春风扑进怀里

珞珈山麓，黄鹂送来的新歌
和布谷的欢呼
像极这三月的香，声声催人醉
我们萦绕在樱花大道上下的爱恋
总比春天的盛会
要来得更早
也更加温暖、清新

2018 年 3 月 26 日星期一，武汉

珞珈之樱

有了你，我几乎忘记了桃花、丁香、杏
油菜花开满田地
杜鹃漫山遍野
前后左右
我也能视而不见

弱水三千，你总是置顶在我心尖
即使叶落千层
你也从不谢幕
一年四季，开得幸福、美满
喜气洋洋

2018 年 3 月 27 日星期二，武汉

水墨龙脊

这一丝丝幸福，和喜悦
随山涧的雾，一点点聚拢
又被清风，一一化开
那些一层层不规则的水田
碎如明镜
照见天上光，垄上草
坡上油菜花

远方的山，和山下的瑶寨
并无华丽的颜色
它们都是静静的水墨
一帧帧，缓缓渲染
展开巨幅画卷
屋边的凤尾竹，心无旁骛
在这山风里
时而伟岸，时而渺小

我脚下的土地是如此湿润
每一块石头都渗出水来

2018 年 3 月 29 日星期四，桂林龙脊梯田

漓　江

我已低于岸上的尘埃
比我更低的只有竹排，和
漓江的鱼、鹅卵石
彼岸花、凤尾竹，都显得无比伟大
和清秀
无论来多少次，这里从未让我失望
同样的山水
都会给我不同的颜色
街道也有新姿

这些年生活并没有欺骗我
梧桐也没有老去
它依然和早起的露珠一样
天天充满活力

2018 年 3 月 30 日星期五，阳朔

无处可逃

我要是不确定你喜欢什么
就给你一半晴
一半雨
一半山清水秀
一半云雾
给你一座山，不够就两座，三座
在你身边，围绕着小动物
让你爱心泛滥
房前屋后，茂密的森林
毛茸茸草地
岁月静好
你喜欢溪流，泉水就永不枯竭
喜欢花，桃荷菊梅
就择季为你开
我要在你的私家花园
开一小片荒地
种上向日葵，让你的生活
欣欣向荣

我会竭尽全力，让你开心
感到幸福
留住你
不用钢钉，只用蛛网
密密麻麻

或许你也散开蔓藤

让我无处可逃

2018 年 4 月 3 日星期二，上海

青，春

一夜之隔
昨日那些一往情深的雨水，已经在路面
失去了踪影
阳光坦途

我开始喜欢那些向上飞扬的柳絮
崇拜那些攀登者
一步一个脚印
欣赏风里
那些试图挣脱束缚的旗帜，和
不惜失去生命的花瓣
包括那些微微上翘，又
充满骄傲的
睫毛

2018 年 4 月 14 日星期六，北京

天空的心事

春天一来
河滩上那些一块一块干涸的石头
又化作
满江春水
荷塘长出新芽

我喜欢这个季节，每一件新鲜的事物
都被寄托了美好的情感
那些高高在上的
天空的心事
也被雨水
一点一点
泄露

2018 年 4 月 18 日星期三，新加坡

很像春天

北京，这一下雨
就很像春天了
我出门，真不忍心打伞
那些站在户外的
生机勃勃的
都没打

2018 年 4 月 21 日星期六，北京

庄 园

那晚，我已记不清说了什么
人间四月的风
我把它关在了车窗外
但那些树叶的欢笑，还是会传进来
我总想给那些关不住的春色
点赞
点在星星上
它们离我很远，但地球看得见
不点在花上，怕花开不长
我希望我在，或者不在
含羞草都会欢喜
幸福是一座盛大的花园
鲜花似海，绿草成茵
没有篱笆

2018 年 4 月 27 日星期五，北京

潮汐的声音

今晚，夜又想
把我隐藏起来
布里斯班还会出动漫天星光
和满城灯光
找我
海上生明月
又落河里
这一泓江水
应该有一小截，来自源头
经过草原
有桉树、薰衣草和葡萄园
混合的香味
远处迎接它的海浪
应该就是我血液
潮汐的声音

2018 年 5 月 4 日星期五，布里斯班，澳大利亚

海 边

我们七人，要在这租来的别墅
把海边短暂的日子
过得有模有样
亲如一家
牛奶、麦片、培根
也不忘记面包、蔬菜、鸡蛋
统统放进购物车
烤箱、冰箱、微波炉
煤气灶、洗碗机，都用上
倒上饮料，斟满酒
共同举杯
相互祝福

晚风里，椰林有说有笑
海浪也不疲惫
凯恩斯那些私人飞机
就停放在路边
我真想趁它起飞
放一个鞭炮
吓唬吓唬它

2018 年 5 月 8 日星期二，凯恩斯，澳大利亚

我以灵魂出入这无边的风景

这世界，可能没有比沙滩更镇定
和宽容的了
无论海水以什么样的高度和速度
到来
它都缄默不语
热情相拥

我以灵魂出入这无边的风景
远离肉身
蓝天得以清澄，白云得以纯粹
珊瑚礁
得以华丽生长

2018 年 5 月 8 日星期二，大堡礁，澳大利亚

那些树，继续在身体开出白花

一天天被风作弄
一夜夜，被海浪声袭击
云，变幻着高度和颜色
那些树，继续在身体开出白花
散发香气
草尖的露珠尚未干涸
天空又弥漫起细雨
蘑菇撑起小雨伞

凯恩斯，我不想在这样想你的时候出门
从上到下都会湿透

2018 年 5 月 9 日星期三，凯恩斯，澳大利亚

艳　遇

我和早晨原本有个约会
与朝霞，艳遇
看太阳出浴
新一天从大海破壳
然而今日
墨尔本
雨

椰林把光，剪成一片片
扔在地上
枫树在初冬，重新点燃山上的热情
净水洒地
彩叶铺路
满山树木以盛装
出迎

我因此不想离开这广袤的土地
也难舍友情
即使惜别
请相信这远方温暖的红叶
还会在诗里
和我相望

2018 年 5 月 10 日星期四，墨尔本，澳大利亚

借一束光

我借来圣帕特里克大教堂
一束光
穿过彩色的玻璃，神的头顶
来照耀我，和我们
要开始的旅程
照亮维多利亚女王公园
还在开放的月季
要落未落的叶
和桉树白皙、光滑的皮肤
亚拉河水，熠熠生辉

小野花，开得都很低
这一条风景线
还包括沙滩、礁石、灌木丛
树上的考拉，草地的袋鼠
蹒跚上岸的企鹅
这里是它们的天堂
没有天敌
黑夜把太阳一次次藏进大洋路
又在新的一天
从十二门徒中跳出

海上生明月
要庆幸，在人间五月

南半球

即使已是冬季，我也有很多美好的人和事

有各种各样的花，红叶

虚位以待

他们和它们的温暖

是一年四季的

比我感恩的心情，要来得更加恒久

和绵长

2018 年 5 月 13 日星期日，墨尔本，澳大利亚

五月，五月

我的五月，内心和故乡一样
天气晴好，充满热情
池塘有些喧嚣
但每一个夜晚，都很平静
平静得院子的每株鱼腥草
都只开一朵小白花
青梅满树

我很想在下雨时
去看河流涨水
竹排逐波
卷心菜一点一点把爱包起来
人未出门
风已走出很远

2018 年 5 月 20 日星期日，湖南娄底

家乡老屋

院子不大，屋顶还有些漏水
不要紧，这些雨
是来消耗天上乌云的
等待晴天，也需要耐心
池塘的鱼
亲密得像桂花的叶子
屋檐那对燕子
年年双进双出，风雨无阻
后山的芙蓉
丰满了就会自动绽开
它们各自娇艳
不影响架上的瓜秧

爷爷垒起的土墙
每年都在一点一点剥落
它还能坚持多久
我应该看得到
在离开老屋之前
我渴望远方
在离开老屋之后
又多了游子这样一个称呼

2018 年 5 月 22 日星期二，上海

长江以南，以北

我听见南北的杜鹃都在说爱你
说你的五月才是它喜欢的性感
你早起的花瓣片片都带汗珠
你晚睡的土地有黎明的光彩

你出发的种子天天都在向上
你青涩的葡萄夜夜都在成熟
你崭新的城市充满了理想
你古老的村庄亲人在守候

你隐晦的山峰都在潮湿的雾里
你秘密的原野南风在穿行

2018 年 5 月 30 日星期三，上海

遇 见

在这里，黑夜和山风
都属于同一匹野马
山鹰来时有影
去无方向
我也要在山底，彻底放下心里的罗盘
不查勘天池，忽略二十四山
打开门窗
满山的绿和鸟鸣
就会从坎、震、离、兑
艮、巽、坤、乾
四面八方，涌进来
让今天出门的晨钟
撞上昨日的暮鼓
山花
遇见露珠

2018 年 6 月 5 日星期二，北京

长安石榴花

长安这满城的石榴花，在和风细雨里
美如天仙
此时，我要做这个城市的吴王夫差、范蠡
做她的吕布、唐玄宗、呼韩邪
我要号令全球熄烽火
背长箫
跨汗血宝马，穿阴山
入塞
一路唱高高声调的大漠歌曲
把火红的花瓣
震落一地

2018 年 6 月 9 日星期六，西安

美好的事

这一生中有很多美好的事
比如走马
收枪，围炉夜话
擦亮玻璃
在万米高空写诗

我不用关心
脚下这一江江丰盈的水
它是浩浩荡荡向东
还是田垄、山峰和野花，鳞次栉比
逆流而上

我飞越黄河、淮河
又过长江、珠江
自古以来
人们喜欢的人
都在水边

2018 年 6 月 16 日星期六，北京飞往深圳

我只是给父亲打了个电话

我哥，妹，我母亲
我父母所有的孩子
都在北京
但父亲，每年总要闹着回家乡

家乡还有很多亲人
但枫树山那边土地，又住上了大婶
小叔叔和姑姑，也成了先人
这次回去，大叔和我爸
摒弃了前嫌
端着酒杯，泪眼婆娑：
我们四姐弟，上面的走了
下面的也走了
留下我们中间的
还有什么想不开呢

今天我又从北方，到了南方
却只能给还在家乡的父亲
打个电话
叮嘱他多保重，注意身体
早点回北京

2018 年 6 月 17 日星期日，深圳

棕榈树

每一棵棕榈树都伸开巨大的手掌
天空也不知道，它到底要什么
椰风片片，每片都是新的
清凉而自在
满江的水，都是流动的
但漂浮的影远比它的表象
要坚定、忠贞
这个城市的油麻地、鲗鱼涌
去过的，没去过的
我都想去看看
让星星和花，成为记号

每一只成熟的木瓜
都有性感的颗粒
榴莲的香，有人喜欢有人不喜欢
但丝毫不影响它带刺
穿一身坚强的外壳
江边的游人拿出怀揣的面包
喂养了自由的鸥鸟
它们饱了，就飞上尖沙咀、大炮台
幸福聊天，相爱，繁衍后代

2018 年 6 月 17 日星期日，香港

悼屈原

要是我，绝不投江
宁愿怀才不遇
被流放
饿死
或倒于刀下，箭上

我还可以带一帮兄弟，上山
歃血为盟
举反秦复楚大旗
或继续写诗，当一个有文化的土匪
劫富济贫

我要让那些艾蒿、菖蒲、粽叶
健康生长，长命
活过火辣辣的夏天
不投粽子，不竞龙舟
还江河湖泊一片宁静
人间没有悲伤
把端午，还给端阳

2018 年 6 月 18 日星期一，端午，香港

左 边

右边的绿篱，需要修剪了
一年到头，平摊到它们身上的风雨雷电
并不多
每一段风，和光
与河流不同
都走直线
没人会留意，左边
天上的云
经常开着愉快的棉花

2018 年 6 月 22 日星期五，上海

书　香

我喜欢的七月
并不是丛林的茂密、天空的火热，和
女孩的火辣
是那些蓬勃的禾苗开始分蘖
荷叶连连，莲蓬受孕
蝌蚪变成了青蛙

春天以后，我不欣赏花
只招惹太阳
关心母亲种的那些小南瓜
什么时候一个个能出落得凹凸有致
面带桃花
喜欢南边就是琉璃厂
风时常送来，一阵一阵
书香

2018 年 7 月 4 日星期三，北京

沙　漏

我身边每一条河流，都住着舒伯特、贝多芬
住着青春美少女年轻的眼睛
阳光每照耀一次
它都会反光
给蝴蝶以绚丽的翅膀
给百灵
以轻盈的歌喉

万事各物，都有它成功的方式
风要是有骨头
它也走不久远
有牵挂的水
都留在了潭里
爱情不会老
包括盛它的器皿
沙漏总是一点一点，把自己的心
掏空
然后翻过来
再来一遍

2018 年 7 月 7 日星期六，北京

北京，雨季

再回到北京，已是盛夏
那些雨一样的游人
已经落满大街小巷
连胡同，都在涨水
花喜鹊，在枝头跳来跳去
偶尔唱歌，大声说话
一定是它附近，还住着很多
幸福人家

北京，是我家，第二故乡
这些年我经常离开
但无论多远，都会回来
就像夏天，雨季，这一阵雨过去
还有一阵会来
我总会为她湿润，为她长出
新的青草
槐花满地

2018 年 7 月 21 日星期六，北京

借 伞

一场雨，把好好的一天
下成，两天
晴天，雨天
我喜欢晴天
我喜欢雨天

一朵蕾，让一棵树
变成，两季
花季，果季
我喜欢花季
我喜欢果季

我喜欢花季西湖去踏青
我喜欢雨天断桥去借伞

2018 年 7 月 30 日星期一，杭州

所以夏

所有的花，一开就有伤口
所以夏，槐落满地
扶桑的纹路，一枝枝
性感而甜美
这都不是炎热赐予的纠结
是成熟
与生俱来的风情

远方有陡峭的岩壁
近处有圆寂的石子
那些蜂蝶喜欢的身体，都被花包裹
那些渔人喜欢的蚌壳
都含珍珠

2018 年 7 月 30 日星期一，上海

遇见小青

遇见小青，她在西湖
她随柳风移步
有湖水般的眼睛，侠肝义胆

我想在春天，趁雨，找她借伞
让她和白娘子一起
嫁给我

2018 年 7 月 31 日星期二，杭州

回故乡

借竹林一缕光，再回故乡
这里竹荪穿长裙
苔藓丰厚，蛇莓艳丽
头顶的每一片叶子
都举着小刀，为我保驾
我就是这山里的王
有源源不断的清新空气
鸟不惊飞
大片大片的野花随从，禾苗列队
荷塘静候

这一切都是好时光
台风刚刚来过，天气凉爽
亲人都在身边

2018 年 8 月 1 日星期三，娄底

雨中花

雨丝飘曳
她是我喜欢的风中芭蕾
是江河畅饮
枯木吸水的声音
它们都是从天而来
和神、圣天使、七仙女
有同一个故乡
不同的家

在湿漉漉的山坡，我又看到那朵野花
后悔那些年，年少无知
从它心里
吸过蜜

2018 年 8 月 3 日星期五，湖南娄底

青岛，青岛

青岛，再茂密的绿荫，也掩盖不了你的红瓦碧墙
就像我对你的热爱，青藤爬满墙壁
凌霄开得火红
来这里迎接的，不只是热情的风、清澈的海浪
还有雪松列队，月季微笑
崂山点头
栈桥挥手
金色海滩敞开它宽广的胸怀
彩霞洗礼，海鸥翻飞
千帆归港
林中百鸟，大河小溪，和我一起
都同唱一首迎宾曲

青岛，青岛

2018 年 8 月 6 日星期一，北京，为 2018 珞珈之子青岛夏季诗歌
　音乐会而作

无能为力

请原谅我的无能为力
除不掉心里苔藓疯长
停不下四季轮换
无法让中东无战火，南海无争端
蚂蚱安全越冬
不能让每只鸟自由飞，每个人居有定所
人间没有假药

其实我希望有更多的有能为力
让亲人无病痛，生命永驻
即使老了，还能记得你
牵你手，推你轮椅
为我们寻找一处背风朝阳、宽敞廉价的
墓地

2018 年 8 月 7 日星期二，北京

苍　耳

苍耳，她住满了家乡大地
甚至没有忽略岩壁沟渠，和
路边空隙
她这么努力都是为了离开
我却一次次从裤腿
把她摘下

2018 年 8 月 8 日星期三，北京

观　画

我看她一点点在舒展
头发飘逸
她的美不只是盛开在她的笑靥
我还不忍直视她的乳房，甚至
修长的十指，因为它放在
隐秘部位

她就这样落落大方，和我面对
我离她，不过一米
仿佛闻到她呼吸，听到她心跳
我紧张得像她的孩子
却远没有她胸前的曲线
轻松
流畅

2018 年 8 月 10 日星期五，北京

秋　景

田园将芜
秋天就是结局
剩下的都由冬来打扫
草籽收起梦想
它已证明自己微不足道的青春
努力都有结果

蝴蝶从荆棘上飞起
带走花最后一缕春色
蜂取走了蜜
蔷薇枯了

2018 年 8 月 13 日星期一，上海

相　信

远方传来雷声
放下雨，绕塔三匝
南风还会北去
苔藓在原地生长
又在原地老去

相信菩提树，它不会指错方向
这些落地的花叶，来年都会轮回
有美好品相
我因此思念你，但密集不过雨
也下不过它

2018 年 8 月 15 日星期三，上海

风言，风语

这满地星光，有一些
来自他，和她
来自他们孩子的泪水
银河浪花

今晚，所有的喜鹊都已空巢
村庄无人穿梭，织布，摇纺车
桑麻地，显得尤其清凉
林间升起帷幔

我不想听梧桐叶和梧桐叶之间
那些风言、风语
只愿天上一桥飞架
人间
相思两会

2018 年 8 月 17 日星期五，上海

观 海

我时常思忖，七夕之后
鹊桥那些窃窃私语传到人间
需要多久
今晨，这些细细的涛声回答了我
沙滩伸出纤长的手臂
收下一束束浪花
黎明送来清凉
喜鹊归巢

人们喜欢的大海丰满
柔情情不自禁，一波接一波
它只有遇见礁石
情话才会变得热烈
朝霞溅起火花

2018 年 8 月 18 日星期六，青岛

彩云之上

都说贵州的溪水
流着流着就可能消失
进了溶洞
所以，在这里，我要高高在
彩云之上
看群山滴青，石林叠翠
梯田散发绿色的清香
苗寨传出笛声
瀑布飞烟

我不随波逐流
怕重见天日
秋天已老
你还红颜如初
身如春天

2018 年 8 月 26 日星期日，贵州黄果树

我不能留在苗寨

南风在这里还会停留些时候
蜂蝶因此会
我也会
那些清凉的溶洞，修长峡谷
飞瀑，青潭
侗寨，屯堡，古镇
也会留我

但我不能留在苗寨
担心离开
那里美丽的答啤
会给我
下蛊

2018 年 8 月 27 日星期一，贵州织金

注：答啤是苗族姑娘的称呼。

梵天净土

梵净山，山道险峻
每一处拐角
都有一辆车在等候
一次，一次的错过
我并不能与你相遇
前面还是弯道
四方皆为净土

在那些深深峡谷，溪水和我
无法对话
岩石才是它的知音
瀑布发出再巨大的欢呼
我也只是过客
内心和金顶一样坚定
山花一样安恬

青藤依依不舍
它就留在了寺院门前
那棵树

2018 年 8 月 30 日星期四，贵州梵净山

那不是你妈

梵净山，云里雾里
一个小男孩不停地扯格格衣服

一个男子对着他猛喊：
那不是你妈

2018 年 8 月 30 日星期四，贵州梵净山

欠 钱

梵净山步道
一位小朋友回头说：
妈，你还欠我两百块钱呢

你……要……干……嘛……？
她妈爬得上气不接下气

你赶紧还我
我要坐滑竿上去

2018 年 8 月 30 日星期四，贵州梵净山

炊 烟

这千户苗寨各种颜色
应该不是夕阳画上去的
山坡上有层层梯田
原野金黄
那些稻谷一粒粒，饱满而又满足的样子
也不是我书写来的
在这里，你总能找到一款
哪怕你就喜欢石板
台阶边的小野猫，或者
片片青瓦

比如我，就喜欢炊烟
喜欢晚风里
飘着熟悉的饭菜香
隐隐有辣椒的味道

2018 年 8 月 31 日星期五，贵州西江千户苗寨

青布衣裳

这里的小巷，一盏盏红灯笼
并未把我引向深处
除了高高的飞檐，镂花窗户
渔夫，浣纱女，和他们的孩子
都被塑在水岸，路边
剩下的，就是餐馆，店铺
客栈挂出古老的幌子
青石铺路

繁华的灯光，并未给这千年古城
增添沧桑的色彩
我倒是无数次幻想
从那些老旧的门楣下
走出一位姑娘
她梳着长长的发辫
穿蜡染粗布衣裳

2018 年 8 月 31 日星期五，贵州远古镇

荔波印象

阳光和风雨，都不会影响这里的风景
群山已足够青翠
溪水清得发甜
瀑布流传着欢快的故事
青苔给了枯木一春
又一春

白云在蓝天
朵朵开着花瓣
它们自由自在，有美好身段
潭水貌似深邃
可沉在水底的鱼
总会咬我们心头的草
根根摇摆

2018 年 9 月 1 日星期六，贵州荔波

归来仍如昨年

这一路美好的天气
和美好景色，并不能完美诠释
我们美好的心情
掀开那些瀑布、青藤
拾级而上
大山深处，还藏着很多
茅台、镇远一样的明珠
和鲜为人知的苗家、侗寨、古堡
丹霞地貌

这段时间，我们日日和溪水随行
夜夜与青山做伴
清风和绿叶发出依恋的响声
好吧，是该拿出狠心了
别过那些丰腴的苔藓
离开潮湿的步道、绝壁
让山花回归寂寞
装作和梵净山的云朵一样轻松，洒脱
相约明年，我们再见
健康，幸福
美好

2018 年 9 月 2 日星期日，贵阳

落 叶

秋天之后，我害怕不能与你再遇
期待最后一次叶落
也能和你重逢，身身相叠
脉脉相通
无惧冬天就在身后

这些高大的树木，棵棵都是菩萨
千手观音
这一切美好本来就是她给的
蓝天下稻浪滚滚
群山镶金
比幸福还要幸福的词
我已经找不到了
好吧，那就姑且同眠
待一阵风
再把我们吹醒

2018 年 9 月 4 日星期二，北京

身 世

我苍白而有花絮的身世
就来自家乡那条坡道
它后来还穿越河流
过铁道，飞高山，漂洋过海
被星光、月光和阳光
交替照亮

不过最终
我还会匍匐而来
又匍匐而去
掩映在山花盛开，又杂草丛生的
原野
它们也是我前世今生
最亲密的伴侣

2018 年 9 月 4 日星期二，北京

贝加尔湖

你安静得像一个我喜欢的人
你的美丽
都来自岸上寂寥的花草树木
天空的蓝、云朵
和星光

那些早起的朝阳，迟迟不肯离开的晚霞
五光十色的叶
和我一样，流连忘返
唯一不同的是，我不能为你添彩
还有些莫名其妙的忧伤

2018 年 9 月 15 日星期六，北京

贝加尔湖的星星

这里的夜空有更多的眼睛
比春天，比夏天
比我的故乡
比紫禁城

它们都在看我
我有无比的羞惭
我害怕它们看穿我
就像看穿这清澈的湖水

2018 年 9 月 15 日星期六，北京

贝加尔湖的水草

我心里，对你的爱情
有点像这湖里的水草
长着长着
就出了水面
就窜出了眼睛

住满飞鸟

2018 年 9 月 16 日星期日，北京

贝加尔湖畔

不能提你名字
也不能听你旋律
无论春光沉醉，或者绿草如茵
我总是会心疼
这蔚蓝的湖水
到冬天会冰藏多少爱恋

在梦里，我终于不远千里
来到你身边
但我不想说，也不想写
只想静静陪会你
和这无边秋色一起
一天天消瘦

2018 年 9 月 16 日星期日，北京

幸福得不说话了

秋天来了，我不会让穿堂风穿过我
任它去穿森林、湖泊，和风车
去托雁阵和新燕的翅膀
让所有的候鸟，安全南飞
那里的景象一定比想象的更美好
我留守的北国，又见白露
又见枫叶添色
彼岸花尽显英姿

除了风，它们都悄无声息
包括黑猫踱步屋檐
红叶落下
中秋月圆
潭水一天比一天深沉，清澈
就连桌上的钢笔
也幸福得很久不说话了

2018 年 9 月 20 日星期四，北京

会记得你的好

对于大自然
爱这个词和花朵，正在枯萎
会因一场霜雪
悄然而至，戛然而止
它们与潮汐涨落、月亮圆缺应该无关
枯木和公主
依然睡在森林的童话里
春风唤不醒，夏试图用热情
也不行

秋天并没有安装门铃
树叶从红，到落
也不曾告诉我
风声一直从松林报来平安
我以为它还会在，幸福枝头
不过不要紧
雁南飞
但燕子
会记得你的好

2018 年 9 月 21 日星期五，北京

胡杨林

给我一千年，让我
跟胡杨做伴
那些来去的风
和候鸟，都不是她前世熟悉的身影
沙尘也不是她喜欢的
我心疼她修长的身材，伤痕累累
但依然有各种色彩
岁月
化作静美

我希望，这一千年
我只用来读懂
她的孤独

2018 年 9 月 22 日星期六，北京

钢 笔

我怀念，那些年
被捧在手心的
感觉

2018 年 9 月 23 日星期日，北京

月色无垢

在满月溢出之前
我必须沐浴，更衣
焚香
熄灭一盏灯
让月光照耀我时
不受一丝污染

2018 年 9 月 24 日星期一，中秋节，北京

去远方，额济纳

好吧，我收拾一下行李
简单些，再简单些
轻装得可以起飞
可以加速度
把北京，包括我喜欢的气息
封存一段时间
远离，去阿拉善，美丽的额济纳
那里棵棵修炼成精的胡杨
正在成群结队，盛装
迎接我

我离开她
无惧千年

2018 年 9 月 25 日星期二，北京

悲伤突然像月光

这大好季节，秋高气爽
蓝天白云下
阳光一遍一遍地温习
我们的过往
那些草地也有过的青春
辣夏

但悲伤突然像月光
向窗台涌来，即便隔双层玻璃
无孔也入
阻挡不了
也拘不起来

2018 年 9 月 26 日星期三，北京

墓　碑

胡杨啊，我和你的爱情，需要一块墓碑
凿，一千年；立，一千年
再一千年不朽
不用来纪念
只用来铭记
就像天空总要雕刻些云朵
时常还带血色
但也有很多草木
终其一生都不开花
没有结果

就像我们的爱情
至今没有墓碑

2018 年 9 月 27 日星期四，北京

不知去向

阿拉善，你原野有花
身上有大漠
我穿越你，就做好了钟爱一生的准备
我已为牛羊种下苜蓿
为骆驼疯长沙棘
为远方
升起炊烟

胡杨林，只是我表性的追求
我也有我的小癖好
比如流水，喜欢低洼
喜欢坠入溶洞后
自己都不知去向

2018 年 9 月 28 日星期五，北京

雷峰塔下

在雷峰塔下
看到一位美丽的少女
我好想去问问
她是不是许仙的后代
最后我还是没敢上前
任她离去

但春风追上了她
在她的裙裾
小声说出了我的声音

2018 年 9 月 29 日星期六，北京

祖国，你一定有美好未来

看吧，今日，那些蓝天白云
都在争相诠释
祖国，你一定有美好未来
五星飞扬，人流如潮
他们都快乐地走向康庄大道

我的祝福就像一抹抹朝阳
挂满城市大街小巷，和乡村
每一片屋瓴
无论何时何地，只要唱响起《我的祖国》
我眼里就会盛满泪水
心里开满鲜花

2018 年 10 月 1 日星期一，北京

高原，湖

请放心，我依然如故
仿佛刚从蓝天走下来
雪水一样低调
在山与山之间，悄然成湖
藏在高原
我心里有盐，眼里有卤水
但不影响继续你静谧的生活
蓝宝石般发光

如果遇到，请不要看见我
或装作陌生，云朵一样飘过
就像你曾经也在阳光怀抱
我只看你
从不惊扰

2018 年 10 月 2 日星期二，北京

蚕 食

北风一来
秋天拔腿就走了
留下一地残花、败柳
黄槲叶
我不得不拉开抽屉，从中翻寻美好
重新树立信心

难受的时候我就看了又看月亮的脸
看它每天，有什么不同
原来它就是一片桑叶
时光一点点
蚕食了它

2018 年 10 月 3 日星期三，北京

手尖又长出新的指甲

你走后，我又是单一的
桌上的转经筒，也是单一的
它日夜不息地念经
替我为你，祈福千遍，万遍
时钟也走同一个方向
岁岁催人老
却无功德

老的还有窗外秋色
春潜人间
铁门一天天锈去
手尖又长出新的指甲

2018 年 10 月 4 日星期四，北京

暗　藏

我用一个晚上的时间来休眠
不责怪灵魂是否曾离开肉身去了它白天想去的地方
天亮后阳光总会照耀到我
我会和露珠一样惊醒
阳雀一样飞翔

我平静的表情下沸腾着血液
脚下的土地暗藏岩浆

2018 年 10 月 5 日星期五，河北蔚县飞狐峪

被它们狠狠地甩在后面

我就站在它们前面
你信不信
不用羊倌吆喝，和鞭哨
它们一点也不怕我，还是一个个
争先恐后涌来
大风吹起一片片云朵啊
像你，像你的影子
鞭子也抽不走

我瞬间就被淹没了
被它们狠狠地甩在后面

2018 年 10 月 5 日星期五，河北蔚县空中草原

天　使

我喜欢你背上的翅膀
胜过你胸前的乳房

2018 年 10 月 6 日星期六，河北宣化

得以素食

我想春风一进入你的房间
枫藤就会复活，根须攀上山坡
新花一蕾蕾
红颜重上枝头
云朵想起去年的事情
天空也飘起雨丝
蜂鸟从火炬树上得不到慰藉
雨水赐予芳草
我得以素食

2018 年 10 月 8 日星期一，北京

捕风，捉影

这一片土地，已经荒芜
玉米的裙子，一条条都被风雨洗旧
褪色
那些曾经器宇轩昂的顶戴花翎
也已失去光彩
只有玉米本身
依旧被溺爱，被褪裸紧紧包裹
其实它们粒粒饱满
有淑女的体香

可如今，它们还留在旷野
所谓的爱情，都是捕风
都是捉影

2018 年 10 月 9 日星期二，北京

心　上

繁星点点，都被这都市的灯光淹了
看不见
月亮也躲了
隐隐有施工的声音传来
打桩机，一锤一锤
打在我身上
哦，不
心上

又梦见你
这觉，真不用睡了

2018 年 10 月 9 日星期二，北京

满怀眷恋

这天空，是在用蓝和一大片、一大片洁白的云
告诉北京
她有美好心情

谢谢你，我也有
车过长安街，那些风也是和煦的
我和琉璃瓦
都沐浴在你的光里
每一片银杏叶
都是黄金

我喜欢这红墙内外与生俱来的气息
对你和秋天
满怀眷恋

2018 年 10 月 10 日星期三，北京

片片青瓦都拱起了丰满的弧度

太阳经过一线天
温度明显高了许多
再回首，猫已离开来时的门槛
刚刚它眼神幽怨，可能是在无奈秋风
又去了别人的屋顶
片片青瓦都拱起了丰满的弧度
蝴蝶起身相送
没人可以忘记你
那些走进影壁的风情，还留在门口
灯笼的光里
少年在街边写生，青春也有忧伤
阳光一落到画布
就会被来历不明的风
吹走

2018 年 10 月 12 日星期五，北京延庆簑底下

疼 爱

我想应季，送你一些柿子
苹果，红叶
这一切都有美好寓意
结果圆满
我遇见它们的时候
它们已经等我很久了

天气渐渐凉了下来
秋风应该走不了多远
啄木鸟一遍又一遍
亲口叮嘱那些准备越冬的树木：
你要好好疼爱自己
因为我已经无法再疼爱你了

2018 年 10 月 15 日星期一，北京

多情屋

在东京，第一次听到别人提起
说多情屋，很不错
物美，价廉
后来才知道
多情屋，原来叫多庆屋
东西确实不贵
但还是要钱，最主要的是
一点也不多情

2018 年 10 月 17 日星期三，北京

六本木

六本木，比北京五棵松
还多一棵树
其实当时，是六个姓氏带木的家族
在东京居住的地方
青木，一柳，上杉，片桐，朽木，高木，

如果你要去中国驻日本大使馆
坐地铁，日比谷线
从东，过银座、霞关、六本木、广尾
从西，过中目黑
惠比寿下
步行，七分钟
元麻布 3-4-33

不过，那时，我住南麻布
5 丁目 8 番 16 号
毗邻，有栖川公园
有栖川基督教堂
地铁
广尾

2018 年 10 月 17 日星期三，北京

每一个人，也都很干净

想起年初某周末，从浅草寺
步行到御徒町
不远，一个半小时
人不多，车也不多
路过一些小神庙、解忧杂货店
看到骨董店的老板娘
也有些年头了
但她还在街边，擦拭一些老物件
我向她问了问价，聊了聊天
一盏气死风
引起了我的注意
但我没买走它，让它和店主
留在了一起

东京的街道，每一条都很干净啊
每一个人，也都很干净

2018 年 10 月 17 日星期一，北京

注：骨董，日语，即古董，旧货。

清风也不黏人

我起身离开北京
月亮还在天上
街道人不多，车也不多
我爱的城市尚未醒来
灯光还有笑容
云朵一早就过了竹林
可能还飞越了故宫
陶然亭

也许就落到了你屋后花园的水岸
但玫瑰已经谢过
清风也不黏人

2018 年 10 月 18 日星期四，北京

矿 井

雾从水面弥漫
暮色如晕
那些失去爱情的稻茬、银杏叶，和菟丝草
都陷在微弱的光里
我对秋天和落日
天生怀有敌意
它们都试图抢走我的鸢尾花
我的断肠草
梧桐木一天天消瘦
谁也没发现，它早早挂上了相思的风铃
山间那些废弃的矿井，不知不觉
走出很远
心被掏空
悲伤突然随山风而来

2018 年 10 月 21 日星期日，江苏泰兴

霜，降

和红叶一起降下来的
还有霜
我久居闹市，又来去匆匆
只有在乡村那些秸秆、荒草、叶片上
才能经常看到她虚弱的样子
我自从见到她，就开始心疼
至今没有变化
天一亮，她就要化了
捧到我手心里
也一样

2018 年 10 月 23 日星期二，上海

测　试

当天使想和我说话的时候
就故作雷声
我想她
她就下雨
毛毛雨，阵雨，倾盆大雨
淹没我

她还用锋利的闪电，一剑，一剑
连环剑
来测试我
有多坚强

2018 年 10 月 28 日星期日，武汉

垃　圾

一位男士
背双肩背，推拉杆箱
手里拿一个捏瘪了的空可乐瓶
从一号检票号
到十三号
一路上东张西望
像在寻找什么

直到他顺手
把空罐
扔进了二号车厢
垃圾桶

2018 年 10 月 28 日星期日，上海虹桥

上了一节课

又是一位中年男士
拿着手机
边说边坐在了我身边
从他对财富的理解
到目前资金状况
再到资本运作
从国家大政方针
到市场细节
滔滔不绝
四十多分钟

我上了一节课

2018 年 10 月 28 日星期日，上海虹桥至武汉高铁

夕阳，遇见

我是在夕阳的时候
遇见你的
那时你脸上还带着霞光
有些风
弄乱了你几丝头发
裙摆微动

残存不多的杨叶
沙沙笑
我对你
只说了一声你好
向上扬了扬两边的嘴角

2018 年 10 月 29 日星期一，武汉华中师大

心中的珞珈

再回珞珈
桂花已开到荼蘼
它把它的香，拼命往我身上塞
其实我带不走那么多
我还要装些鸟语，梧桐秋色
情人坡下，含笑看我很久
我一直没发现她已长成了大姑娘
这么多年，琴棋书画
她应该熏陶了不少，难怪身有气质
心有芳华
那些年时常在海外
每每想起樱花大道上那一扇扇红色窗棂
温暖就会从东湖涌起
进长江，入海，到大洋彼岸
淹没我停泊的码头
此刻，阳光正突破云朵
银杏翻起层层金浪
琉璃瓦熠熠发光

2018 年 10 月 29 日星期一，武汉大学

我想象中最美好的爱情

我想象中最美好的爱情
都在武大
她的樱花、桂花、梅花
梧桐木、女贞子、一个个
亭亭玉立，风情万种
连古老香樟树上的阳雀
也会唱情歌
念情诗

阳光照耀山上每一株草木
不落下蜿蜒小径
无名小花
清晨的雾，夕阳晚照
教室外，灯光下，丛林里
秋虫窃窃私语，它们和我一样
对未来
充满信心

2018 年 10 月 31 日星期三，武汉大学

蜻蜓自橘叶而来

欢迎你来到我的家乡
如果嫌溪水太浅
乡村还会给你一个池塘
池塘不大也不小，够太阳住半天
星星月亮住半天
水葫芦挺着小肚子
鱼也一副悠闲模样

夕阳每次都会站到稻垛之上
田埂挤满青草
蜻蜓自橘叶而来
桃花谢后
梧桐树一直单身

2018 年 11 月 1 日星期四，湖南娄底

还要美好

来吧，无需犹豫
到湘中来，到湄江来，到紫鹊界梯田来
她一定比我们遇见过的所有美好
加起来，还要美好

你看天空蓝天白云
红叶纷纷落下
又是秋色

2018 年 11 月 1 日星期四，湖南娄底

五花马

余生何求
五花马，千金裘
那都过时千多年了
还是想穿粗布衣、棉布鞋
下雨天，搬个竹椅
静坐台阶
安心听雨
任远方，云缭
雾绕

然后看门前雨水
顺着小土沟，哗哗哗
哗哗哗
流入小池塘

2018 年 11 月 1 日星期四，湖南娄底

和爱情

在华天，一开门
一个男人
正好从对面房间出来
一个女人，送他到门口
见到我，有些慌张
但我分明看到了
她一脸妩媚
和爱情

2018 年 11 月 2 日星期五，湖南娄底

山的骨头

在我的家乡
很少能看到裸露的石头
从上而下，你会看到
星星
月亮
太阳
蓝天
白云
飞鸟
炊烟
树
巢
灌木
草
蘑菇
苔藓

红土下埋着
山的骨头

2018 年 11 月 2 日星期五，湖南娄底

暖如桂花

我要从家乡凹凸有致的身上
分些颜色
写首诗，留下来
不让紫鹊界的麻雀，一粒一粒
把秋天收走

这么多年，北京戒台寺的钟声
并没有让我戒掉什么
只要重新回到这片土地
这人世间最熟悉的爱情，年年
暖如桂花
蚂蚁勤奋，蚂蟥执着
马蜂勇敢地守护自己的家园
蜜蜂做着甜蜜的事业

2018 年 11 月 3 日星期六，湖南娄底

重　逢

我们终将在涟水的波光里
与满山山茶花，相遇
它们一个个
开得像小小的云朵
冰清玉洁

一年一度的洪水
早已泄掉了气势
它有些冷静，还有点颓废
一步步退出它春天侵占的地盘
露出鹅卵石
竹排搁浅

我得以与这些旧相好，见面
久别重逢
我依稀分辨出
那只路过的蝴蝶，是我儿时
的情人

2018 年 11 月 3 日星期六，湖南娄底

紫鹊界

其实我们根本没有选择
此刻必须倾情，用力
来证明这些梯田是如何一步步
步入云端的
炊烟一袅一袅，它是不解风情的
也许，那些炉膛里的干柴
烈火
更明白些

2018 年 11 月 3 日星期六，湖南娄底

盛　塘

这满塘荷叶，仿佛让我回到
盛唐
我喜欢有点环肥，有点压迫感
比如拥抱
比如草地打滚
从她的身边，可以抄近道
走一条阴凉小径

还可以看出，她曾密不透风
说明她的感情是真挚
而隆重的
和她曾经举起的荷苞和莲蓬一样
有足够分量，可以比拟倾城
不似芋叶摇摆
显得轻浮

更轻率的是那些蜻蜓
它们从这里，飞到那里
每个地方
都停不了几分钟时间

2018 年 11 月 4 日星期日，湖南娄底曾国藩故居

乡村之路

我选择了乡村之路
规避高速
任稻谷余香和沿途秋色
一个个从容不迫，蜂拥而来
那一层层梯田
未辜负泉水
和荷塘一样，坚守了对春天的承诺
都有幸福结籽
白鹭就在河边梳洗，谈情说爱
不怕悄悄话
被人听去
油菜虽然长得还不太好，相信来年
一定会开得很艳

2018 年 11 月 5 日星期一，湖南娄底

晚　秋

来到北京，请联系我
托那些游走的白云
漫无目的的风
它们总能碰到我
我可能在城东
可能在城西
也可能在一条地下通道里
听艺人唱歌
盲人算命
这还不行，就把这活
随便交给一棵树
它们都会书写，且脉络清晰
会派满城的叶子
找我

那时，我披一身夕阳
脸上无比幸福

2018 年 11 月 6 日星期二，北京

突　破

我提醒自己，在北方
麦地早已一丝不挂
玉米低头
看到自己裙摆，开叉到了腰际
露出金色小蛮腰
丰满，有力量

下吧，下吧
风从北方而来
久别重逢，落些雨也是正常的
红叶，黄叶，红黄绿叶
都落了
再落三三两两云
雾湿三分
更轻松

其实我也在试图蛰伏，蜕变
突破
这些秋天，这些冬天
都被别人写烦了

2018 年 11 月 7 日星期三，北京

小　人

很多看起来并不美好的事
加个小字，就好多了
比如，小坏蛋
小流氓
小妖精

也有看起来不错的
加个小字，就完全变了
比如
小人

2018 年 11 月 7 日星期三，北京

洛绒牛场

神说，我们都有原罪
可是这算什么
那些草地，森林，雪山
天生长那么好，茂密，丰厚
溪水又清，又蜿蜒
我从没想过，迷失在这里，是她
和我，的错
她每一块岩石，都有小性子
都会硌疼我
可她
长出了罂粟花啊

2018 年 11 月 9 日星期五，北京

爨底下

爨底下，是一个小村庄
如果你站到它对面的金蟾嘴上
它就是一个小小村庄
那些村民就都不见了
车也成了蚂蚁
人在山上
远没有岩石上的那些柏树
淡定
阳光也不暖和

秋天剥去山的衣裳
是为了我们更清楚地看清村落古老的面容
那些石头堆砌起来的房子
阳光下熠熠发光
看起来还是年轻的样子
一条条小巷，脉络清晰
游人都是血液，我也曾在里面
涌动

后山的卧虎、神龟、蝙蝠
已守护数百冬夏
也许它们会在某一天醒来
去到另外一个地方
如果还带上金蟾

那里
应该还是一方净土
我们一个个，都要带着爱情
迁徙到那里
男耕女织，繁衍后代
再建一个幸福村子
让娘娘庙坐落村尾
关帝，镇守村头

2018 年 11 月 10 日星期六，北京夔底下

相　聚

这阵阵欢声笑语，来得并不遥远
可能来自我们共同拥有过的
一朵花，一片雪，一杯酒，一壶茶
或者来自我们的乡村，草原，办公室一隅
西城那些岁月
海外经历

我们身边的落叶，也曾经在一起
其实一直都未分开
年年都会在青春的枝头
相聚

2018 年 11 月 10 日星期六，北京

有些感情已靠近满坡野菊花

我要回到故乡
到我们去过的地方
看看涟水、孙水
看看豌豆苗、萝卜花
它们流得欢快，走得幸福
那些小路，不仅仅长满青草
还通往农家
那里有很多很多好吃的
菜薹，包心白
荷塘藕，梁上腊肉
冬笋长满后山

可家乡并不知道，我有些感情
已靠近满坡野菊花
它满目金黄，和山茶
有不同的颜色

2018 年 11 月 11 日星期日，北京

遇到了爱情

据说日本的樱花反季
开了
专家们给出了各种理由

我想他们都说得不对，应该是樱树它
遇到了
爱情

2018 年 11 月 12 日星期一，北京

我和菩萨是没有缘的

想给明年的春天，许个愿
还没来得及念出名字
云雾就涌了上来
山风一阵阵
我一时失去了言语
满腹心事，无从说起

大雄宝殿外，秋天纷纷落幕
这时候，我才顿悟，我和菩萨是没有缘的
和你，也没有

2018 年 11 月 14 日星期三，北京

依　靠

风吹过窗，别小觑一枝牵牛
它同样可以越过蓬门
柴扉
走出篱笆

攀附有什么不好
那些坚强的肩膀，就是要用来给爱依靠的
而我们喜欢柳枝
就是因为它的柔软

2018 年 11 月 16 日星期五，北京

因为爱，我只写三行

大城市总会拿出一些灯光
来告诉你，它夜晚也有牵挂、失眠
直到飞鸟出巢
暮色褪尽
开发商们，仍在强征我的地
能种诗的土，越来越少
物产越来越稀薄

所以，因为爱，我只写三行
其他，都是送你的

2018 年 11 月 17 日星期六，北京

初 雪

我饮了嘴边一片雪
尝到天上的味道

2018 年 11 月 22 日星期四，小雪，北京

咏　雪

轻如鹅绒，和你
漫天都是你的影子，要怎样才能装作视而不见
闭上眼，或让夜幕和雾霭
同时升起，不辨东西
心，静如睡着的水
它可以在近邻，在远山
在大漠深处
那道月牙
泉

晨风吹动枝头，积雪纷纷落下
大地又厚出几分
东方长出青葱，泛出羊脂
这才是专属于你和我
的早晨
晨肌，如你
一念之间，你已吻我数遍
梅朵绽开

2018 年 11 月 23 日星期五，上海

泰山，珞珈山

——献给刘道玉先生

那些年您德高望重，也意气风发
那些年我们年少气盛，却朝气磅礴
那些年多少师生放弃北大清华
只为您而来

那些年您以校为家
爱我们如子
那些年我们以校为荣
亲您如兄，敬您如父
尊您如泰山
珞珈山

为校，您足迹遍布大江南北、海内海外
为我们，您走遍我们的家园
樱园、梅园、桂园、枫园
走遍我们每一间教室、每一幢宿舍、每一个食堂
您数十年如一日，为祖国教育
奔走呐喊，殚精竭虑
为我们，呕心沥血
学分制，插班生制，双学位制，主辅修制，导师制，转学制……

珞珈有幸，武大有幸，我们有幸
我们的奖学金证上，有您

三好学生证上，有您
学习竞赛获奖证书上，有您
毕业照上，毕业证上，有您
心上，有您，有您，有您

感恩有您，我们以蓝天为笺
以东湖为砚，长江为墨
以黄鹤楼为笔
以心，为语
祝您快乐！
祝您幸福！
祝您健康！
祝您长寿！

2018 年 11 月 24 日星期六，北京

月老庙

多么古老，这些新染的蓝印花布
和马头墙，都很沧桑
我听不懂桐乡花鼓
一如听不懂桨声，乌镇到底有些什么故事
在运河里流传，又沉淀
这里的黑夜，都不能怨夕阳西下
应该怪那些屋顶青瓦和乌篷船
是它们染黑了天空
灯笼点亮星星

乌镇应该还成全了很多佳话
因为月老庙就在村边
庙里庙外，到处都挂着红色的心愿
其中也包括我的
到这里，安心做一株水草
顶出水面来开花
静如睡莲

2018 年 11 月 25 日星期日，浙江乌镇

在乌镇

在乌镇，我想做一个无用之人
走流水一样的慢板
风样的轻
和苔藓一起
长到每一级台阶，每一个井口
爬满墙根

我还会放缓脚步，像一个慈眉善目的老者
但不苟言笑，一座桥，一座桥
踱过去
诗，歌，都装上乌篷船
让船家摇走
给我留下那些雕花的窗户
得闲，就静坐下面
沏一壶清茶
看这里的银杏，如何收集一年的阳光
慢慢，熔炼成黄金

2018 年 11 月 25 日星期日，浙江乌镇

放　下

佛说，放下
我就把手机，放下了
我终于可以抬头望星空，数落叶
可以低头看路，惜青草

我从钱包里，数出几张钞票
再接回零钱
顿时生出
一种怀旧的感觉

2018 年 11 月 29 日星期四，上海

因为我是诗人

都在谴责雾霾
我不

因为我是诗人

2018 年 11 月 30 日星期五，上海

高山仰止

所谓高山仰止
就是男人们，在峰下
犹豫不决
风切割出来岩石的棱角，不是用来寄托雪的
是攀岩抓手，也是刀

在石匠手里，它可以凿成基石
可以凿成墓碑

2018 年 12 月 1 日星期六，上海

甲 骨

我还是想从博物馆里盗出，用你
占上一卦
看看这数千年里
我有怎样的前世今生
我是不是曾围草裙
和一个围草裙的女子，好过
有没有救过一只被猎人所伤的狐
然后放生

我也还要算算
要做怎样的善事
才能来世与你
再遇

2018 年 12 月 5 日星期三，北京

今日，大雪

今日节气，大雪
南方下，北方无

在七十七年前的今天
日本偷袭珍珠港
在二百二十年前的今天
清朝诗人袁枚
去世

今日节气，大雪
我在北京空等
一场雪

2018 年 12 月 7 日星期五，北京

比水果好吃

山竹用一身坚硬的铠甲，把自己的白
藏得很深
榴莲香，却散发腐朽的气味
莲雾，清淡

苹果脸红的样子
大概是她最幸福的时候
柿子心软
才甜

我也不得不承认，有时候肉身
比它们
好吃

2018 年 12 月 8 日星期六，北京

那场雪

我不敢杀生
由此也不愿锄草，割韭菜，拔萝卜
不去伤害它们每一个开花的愿望
哪怕是微小的
无足轻重

知道不会有结果，天空还是会给石头浇水
尽管它们身处尘世，从不理会
人间痛楚
我喜欢冬天，其实是在期待它身体里
那一场雪

2018 年 12 月 10 日星期一，北京

零下一度

可以围炉
可以语冰
可以邀三三两两，沏一壶清茶
烫一坛老酒
谈诗论道

可以拉你出门
添一份色彩

2018 年 12 月 14 日星期五，北京

幸存者

作为陌路，这一场雪来得并不是时候
冰临城下，我要用更厚的铠甲
和酒，来抵抗
你是凌厉的风
是比箭还锋利的复仇者

其实我只是春天那场花事
的幸存者，为什么事过三季
你依然不肯
放过我

2018 年 12 月 14 日星期五，北京

冬 至

听说你明天就要来
阳光并不理会，照样和天通苑的人们一起
出勤
早出晚归
寒冷还会有很久
我期待雪，堆一个雪人来陪
不需要她说话，只要有雪白的肌肤
和明亮眼睛

反正到三月，她就化了
和梅朵一样
从不争春

2018 年 12 月 21 日星期五，北京

拉卜楞寺

拉卜楞寺，并不曾因为我的到来
天空变得更蓝
它镀金的菩萨，红墙沐浴的阳光
本来就是纯净的
在这里，绕塔，转经筒，堆玛尼石
双手合十
都有同样的欢喜

它也风起，云涌
但都来自佛系，心怀慈悲
不伤人，不杀生
山坡上那么多好看的格桑花
都为它点头

2018 年 12 月 24 日星期一，北京至上海复兴号

圣诞礼物

因为没有雪，这大半个中国的圣诞
过得都有点勉强
那个长胡子老爷爷驾不了雪橇
送礼还得打滴滴，麻烦快递小哥
因为没有烟囱，人又不在家
东西只能放门口
或者，物业

打小以来，这么多年我只听到过铃响
从没收到过礼物
可能就是这些原因

2018 年 12 月 25 日星期二，上海

洞庭八百里

长江一夜，留下八百里洞庭
这一涟涟烟波
常常要靠半披蓑衣、一顶斗笠、满湖柳叶
来摆渡
扰乱柳影的是那些起飞的白鹭
鱼都很安静
它们在湖底相亲相爱，吃斋念佛
水草是它们唯一的素食
菱，结出角
野藕们互生情愫
长出许多心眼

2018 年 12 月 29 日星期六，上海

北京的雪，都下到了故乡

我只要一想念你，就去看故乡朋友圈
看他们举杯，亲人围绕炉膛
大盘小碟，堆满方桌
看他们晒青山，晒绿水
晒池塘的鹅、竹林的鸡
大河穿过原野
小河流经家门
红土地上每一块顽石
都有玉的梦想
白菜也会幸福成长

我只要一想念你
风都往南吹
北京的雪，都下到了故乡

2018 年 12 月 30 日星期日，上海

后　记

　　限于篇幅，我的第一本诗集《我比春天温暖》只收录了我2016年以前及2016年部分诗歌221首，这次的《月光照在菩提树上》收录了这之后到2018年年底的作品，近400首，为了保持阅读的连续性和整体性，内容我只是按年度简单分了类，每首诗后面都加上了写作的时间和地点，这样会更方便阅读和理解。

　　特别要感谢的是东方出版社主编吴常春先生为我热情作序，他是我武汉大学同级同专业不同班的同学，也是黄金搭档，他当时任学生会主席，我是宣传部部长兼文艺部部长，既是好友，也是我诗歌路上的见证人、支持者。

　　再次衷心感谢一直支持我的老师、校友、亲朋及众多相识或不相识的读者，是因为你们，才有了远方。

　　诗歌可能无法让人增加物质财富，但会让我们的生活，充满诗情画意。

　　谢谢!

2019年夏，于北京

图书在版编目（ＣＩＰ）数据

青麦 / 李立屏著. -- 武汉：长江文艺出版社，
2020.7
ISBN 978-7-5702-1653-6

Ⅰ. ①青… Ⅱ. ①李… Ⅲ. ①诗集－中国－当代
Ⅳ. ①I227

中国版本图书馆 CIP 数据核字(2020)第 094313 号

责任编辑：王成晨　　　　　　　　责任校对：毛　娟
封面设计：尤　希　　　　　　　　责任印制：邱　莉　　王光兴

出版：　长江出版传媒　　长江文艺出版社
地址：武汉市雄楚大街 268 号　　　邮编：430070
发行：长江文艺出版社
http://www.cjlap.com
印刷：武汉市籍缘印刷厂

开本：640 毫米×970 毫米　　　1/16　　印张：27　　插页：2 页
版次：2020 年 7 月第 1 版　　　　2020 年 7 月第 1 次印刷
行数：8964 行

定价：45.00 元